Ich danke meiner Frauen-WG für ihre moralische
und tatkräftige Unterstützung

WEIBLICHE REVANCHE

von

Maren Bevensen

Roman nach einer fast wahren Begebenheit

Vorwort

Es handelt sich um eine erfundene Geschichte, auch wenn vieles davon wahr ist. Mein Sohn ist wirklich Autist und die Probleme, die in diesem Buch geschildert werden, hatte auch mein Sohn in seiner Kindheit und Jugend.

Wir leben in einer Gesellschaft, in der wenig Platz ist für Individualität und Anderssein. Jeder soll funktionieren und angepasst leben und möglichst nicht gegen Regeln und Normen verstoßen. Wenn es aber keine Frage des Wollens, sondern des Könnens ist, sind die Probleme vorprogrammiert.

Für mich und meinen Sohn war es eine große Herausforderung, den Spagat zwischen sich dem System anzupassen einerseits und die eigene Persönlichkeit zu akzeptieren anderseits, zu schaffen.

Mein Sohn hat seinen Weg gemacht und arbeitet heute in einem Beruf, der ihm Freude bereitet und in dem er seine Stärken einsetzen kann.

Aber ich habe keine Menschen umgebracht, auch wenn ich das manchmal zu gerne getan hätte…

Bibliografische Information der Deutschen Nationalbibliothek:
Die deutsche Nationalbibliothek verzeichnet diese Publikation in
der Deutschen Nationalbibliografie; detaillierte bibliografische
Daten sind im Internet über http://dnb.dnb.de abrufbar.

Herstellung und Verlag BoD – Books on Demand, Norderstedt

ISBN: 978-3-7534-2049-3

Es regnete in Strömen. Stefanies schwarzes, kurzes Kleid war trotz Regenschirm am Saum pitschnass und in ihren High Heels sammelte sich das Wasser. Sie stand auf dem kleinen Friedhof von Engelau vor einem frisch ausgehobenen Grab und schaute zu, wie der Sarg langsam hinabgelassen wurde. Um das Grab herum stand die halbe Dorfgemeinschaft, von denen man allerdings nicht viel erkennen konnte, da sich alle unter ihren Schirmen vor dem Dauerregen versteckten. Der Pfarrer begann, an diesem nasskalten Tag, mit seiner Rede und bei seinen Worten über den Verstorbenen verdrehte Stefanie die Augen. Es konnte unter ihrem Schirm ja Keiner sehen.

Von wegen guter Mensch. Er war ein gewissenloses Schwein gewesen. Er hatte seine Frau und seinen Sohn tyrannisiert und seine Kunden abgezockt, viele in den finanziellen Ruin und einen Mann in den Tod getrieben. Um ihn war es nicht schade, dachte sich Stefanie.

Die Trauergäste gingen nun nacheinander zum Grab und warfen mit der kleinen Schaufel etwas Erde hinein. Als Stefanie davor stand und die Schaufel in die Hand nahm, musste sie an seine letzten Worte denken, bevor sie das Entsetzen in seinen Augen sah...

„Das wirst du mir büßen, du Miststück...“

Du tust Niemandem mehr etwas an, dachte sich Stefanie und warf die Erde verächtlich auf seinen Sarg.

Während sie selbstbewusst und hocherhobenen Hauptes über den Kiesweg Richtung Ausgang schritt, konnte sie die abschätzigen Blicke der Dorfbewohnerinnen in ihrem Rücken spüren und ein Lächeln breitete sich auf ihrem Gesicht aus.

„Nehmt euch in Acht…"

1

16 Jahre zuvor...

Stefanie drehte den Schlüssel im Türschloss um und öffnete die Haustür. Es war ein eigenartiges Gefühl, nach über 10 Jahren wieder in dem Haus zu wohnen, in dem sie als Kind aufgewachsen war. Ihre Eltern waren vor 6 Wochen bei einem Autounfall ums Leben gekommen und sie hatte ihren Ehemann Matthias dazu überreden können Köln zu verlassen und in das nun leer stehende Einfamilienhaus ihrer Eltern zu ziehen. Es war ein altes Fachwerkhaus, das schon seit mehreren Generationen in Familienbesitz war. Ihr Vater hatte es, als sie noch ein Kind war, liebevoll restauriert und sie hatte sich hier immer sehr wohl gefühlt. Dazu gehörte ein großer Garten, auf dem viele Obstbäume standen. Doch am meisten liebte Stefanie den großen Kachelofen in der großen Wohnküche, auf dessen Bank sie viele innige Gespräche mit ihrer Mutter geführt hatte.

Ihr Hauptargument war ihr ungeborenes Kind gewesen, das nicht in der lauten und gefährlichen Stadt, sondern in dem idyllischen Dorf in der Eifel aufwachsen sollte. Sie würde es auch nur schwer über das Herz bringen ihr Elternhaus verkaufen zu müssen, hatte sie Matthias mit

3

einem Augenaufschlag gesagt, dem er nicht widerstehen konnte. Matthias tat alles, um sie glücklich zu machen und versuchte ihr jeden Wusch zu erfüllen. Da er im Homeoffice arbeiten konnte, stellte es auch kein Problem dar, dass er nicht mehr in Köln wohnte. Stefanie hatte ihm oft davon erzählt, wie schön ihre Kindheit hier auf dem Land gewesen war, dass sie es geliebt hatte auf die Heuballen zu klettern und mit ihren Freunden Drachen steigen zu lassen. Matthias kannte das nicht, er war in der Stadt groß geworden.

Kurz darauf fuhr der Möbelwagen in die Einfahrt und die Möbelpacker und Matthias schleppten nach und nach die Möbel in die entsprechenden Zimmer. Stefanie durfte in ihrem Zustand nicht mehr schwer heben, sie war im fünften Monat schwanger und so delegierte sie und trug nur die leichten Sachen hinein. Die meisten Möbel ihrer Eltern hatte sie einem Trödler mitgegeben, da diese erstens sehr abgenutzt und zweitens nicht ihr Geschmack waren, nur den alten Schaukelstuhl hatte sie behalten, weil ihr Vater ihn geliebt hatte. Am Abend sah es schon richtig wohnlich aus und Stefanie machte eine Kerze für ihre Eltern an und stellte sie ins Fenster. Wenn sie es sehen könnten, würden sie sich bestimmt darüber freuen, dachte sie sich.

Sie lag auf der großen Couchlandschaft, in Matthias Arm und malte sich in ihren Gedanken aus, wie ihr Kind bald die Treppe herunter laufen und zu ihnen ins Wohnzimmer stürmen würde. So wie sie es immer getan hatte, wenn sie es mal wieder eilig hatte ihren Eltern etwas zu erzählen. Sie vermisste sie so sehr und der Gedanke, sie nie wieder zu sehen, schmerzte sie furchtbar.

Die nächsten Wochen vergingen schnell und Stefanie hatte alles schön dekoriert und den Garten aufgeräumt. Sie waren viel spazieren gegangen und Stefanie hatte Matthias die Orte gezeigt, wo sie als Kind gespielt hatte und zur Schule gegangen war. Die kleine Grundschule stand noch immer da und der Gedanke, dass ihr Kind in dieselbe Schule gehen würde wie sie damals, erfüllte ihr Herz mit Freude. Sie hatten bei ihren Spaziergängen einige ihrer alten Klassenkameraden wieder getroffen, die mittlerweile mit ihrer eigenen Familie hier wohnten und kurz mit Ihnen geplaudert.

„Siehst du Matthias, die würden ja nicht hier leben, wenn es hier so schrecklich wäre. Die wollen ihre Kinder auch hier aufwachsen sehen.", sagte Stefanie freudestrahlend.

„Du musst mich nicht mehr überzeugen Stefanie", sagte Matthias lächelnd. „Ich fühle mich hier sehr wohl."

„Das finde ich wunderbar, Matthias.", sagte Stefanie und schlang ihre Arme um seinen Hals. Matthias war immer für sie da, wenn sie Hilfe brauchte oder wenn es ihr nicht gut ging. Sie war so froh, dass sie sich vor 2 Jahren in Köln über den Weg gelaufen waren. Dabei hatte sie erst keine Lust gehabt tanzen zu gehen, aber ihre Freundin Tanja hatte sie überredet und in diese Bar geschleppt. Dort stand Matthias mit Freunden und als Stefanie ihn sah, hatte er ihr sofort gefallen. Er war auch kaum zu übersehen mit seinen 1,95 m Körpergröße und da er viel Sport machte, war er muskulös und gut gebaut. Und da Stefanie eine attraktive Frau war, 1,76 m groß, schlank und lange blonde Haare, war sie ihm auch aufgefallen und er hatte sie zu einem Bier eingeladen. Es war ein lustiger Abend und sie war erst gegen 4 Uhr morgens, mit müde getanzten Füßen, ins Bett gefallen. Er hatte sie nach ihrer Telefonnummer gefragt und rief noch am selben Tag bei ihr an, um sie zum Abendessen einzuladen. Und nun bekam sie ein Kind von ihm und wohnte in ihrem schönen Elternhaus. In dem Ort, dessen Straßen sie so gut kannte.

Der Geburtstermin rückte näher und dann kam Tobias, an einem schönen Frühlingstag um 16.30 Uhr per Kaiserschnitt auf die Welt.

Tobias lag in einem Rollwagen neben Stefanies Bett und schlief. Stefanie konnte die Augen nicht von ihm abwenden und schaute ihm beim Schlafen zu. Eigentlich war sie auch sehr müde und hätte etwas Schlaf gebrauchen können, aber sie war viel zu aufgewühlt. Matthias, der bei der Geburt dabei gewesen war, lag im Sessel in der Ecke des Krankenzimmers und schlief ebenfalls. Sein Job als Informatiker forderte ihn sehr und er arbeitete fast täglich 12 Stunden. Stefanie ließ ihn schlafen und genoss einfach seine Anwesenheit. Nach einer Stunde wachte er auf und streckte sich.

„Ich bin eingeschlafen, entschuldige Schatz. Aber im Moment könnte ich 24 Stunden arbeiten. Ich habe so viel zu tun und diese Woche muss ich auch noch nach Berlin fahren."

„Du musst nach Berlin?", fragte Stefanie erstaunt.

„Ja. Ich muss mir das Projekt vor Ort anschauen. Ich bleibe nur ein paar Tage, dann bin ich wieder bei dir, Schatz." Er stand auf, setzte sich auf den Bettrand und küsste sie auf die Stirn.

Es ging Stefanie von Tag zu Tag besser und nach vier Tagen konnten sie endlich nach Hause. Tobias schlief sehr viel und Stefanie wollte ihn nicht wecken, deshalb kam sie selten vor die Tür. In den Phasen, in denen er wach war, ging sie spazieren oder einkaufen und wenn er schlief, machte sie den Haushalt. Sie freute sich schon, wenn der Postbote kam und hatte immer eine Tasse Kaffee für ihn fertig, damit er nicht sofort wieder fuhr und sie ein paar Worte mit ihm reden konnte. Ansonsten hatte sie wenig Unterhaltung. Die Kollegin im Büro war am Telefon auch kurz angebunden und wimmelte sie regelrecht ab, wenn Stefanie sie anrief, um zu hören, was im Büro so passierte. Die ehemaligen Kollegen hatten viel zu tun und noch keinen Ersatz für sie. Stefanie vermisste ihre Arbeit beim Steuerberater, sie war immer gerne arbeiten gegangen, nun aber war sie Mutter und hatte ein anderes Leben.

Als Stefanie einkaufen ging, fiel ihr ein Zettel am Aushang auf.

„Wir wollen eine Krabbelgruppe gründen. Wer macht mit?"

Stefanie holte ihr Handy aus der Tasche und wählte sofort die Telefonnummer, die auf dem Zettel stand. Es meldete sich eine Frau, die von der Stimme her auch so um die 30 Jahre alt sein musste und sie teilte ihr mit, dass sich bisher erst drei Frauen gemeldet hätten und sie sich auf Stefanie und Tobias freuen würde. Kommenden Mittwoch um 10 Uhr würden sich alle bei ihr treffen und sie wäre herzlich eingeladen. Stefanie freute sich und hoffte, sich endlich wieder vernünftig unterhalten zu können. Matthias war den ganzen Tag arbeiten, kam kaum vor 20 Uhr nach Hause und dann schlief er meist auf der Couch ein. Sie brauchte unbedingt Abwechslung und etwas kultivierte Unterhaltung.

Am Abend saß Stefanie wartend auf dem Sofa, als endlich die Haustür aufging. Matthias hatte keine gute Laune, das merkte Stefanie sofort und nachdem er die Schuhe ausgezogen hatte, kam er schimpfend zu ihr.

„Ich hab so die Schnauze voll. Der neue Kunde erwartet von uns einen ständigen Vor-Ort-Service und mein Chef meint, dass ich dem entsprechen muss. Wie soll ich das machen? Ich muss mir eine Zweitwohnung in Berlin nehmen, sonst fahre ich ja nur noch. Ach Schatz, das ist doch alles Mist…Dann sehe ich euch nur noch am Wochenende…" Er hatte sich neben sie gesetzt und nahm ihre Hand in seine. Sie hatte kein Wort gesagt, ihn nur starr angesehen.

Er ist dann die ganze Woche in Berlin und ich bin von Montag bis Freitag alleine mit Tobias? Das darf doch jetzt nicht wahr sein, dachte Stefanie entsetzt. „Für wie lange wäre das, Matthias?"

„Für mindestens sechs Monate, Schatz…" Matthias schaute sie jetzt traurig an und senkte dann den Kopf. „Ihr werdet mir so fehlen..."

Sechs Monate? Das ist eine Ewigkeit, dachte sich Stefanie und fühlte einen Stich im Herz. Sie schaute Matthias an und sah, dass er sehr niedergeschlagen war.

„Das schaffen wir schon! Ein halbes Jahr geht schnell vorbei und du bist ja am Wochenende bei uns." Stefanie nahm sein Gesicht in ihre Hände und küsste ihn sanft. Sie war selber furchtbar geschockt und traurig, aber er schien ihren Trost mehr zu brauchen.

Am darauffolgenden Mittwoch ging Stefanie mit Tobias im Kinderwagen zu der angegeben Adresse. Es war ein sehr modernes Einfamilienhaus, mit hellgrau gestrichener Fassade und Doppelgarage. Eine Treppe aus grauen Pflastersteinen führte einige Stufen hinauf zur Haustür, die von zwei schwarzen Pflanzkübeln mit Buchsbaum eingesäumt wurde. Sie ging rückwärts die Stufen hinauf, wuchtete den Kinderwagen die Treppe hinauf und klingelte. Die Tür öffnete sich und aus dem Wohnzimmer hörte Stefanie schon Babygeschrei und mehrere Frauenstimmen, die versuchten sich zu unterhalten.

„Kommt doch herein, ich bin die Anette", sagte eine große, sehr schlanke Frau mit langen, dunklen Haaren und Stefanie erkannte ihre Stimme vom Telefonat wieder. Sie ging voraus, dem Babygeschrei nach, durch einen großen Flur ins Wohnzimmer und Stefanie betrachtete Anette von hinten. Anette sah top gestylt aus, in ihrem kurzen Rock und der Bluse.

Das kann ja heiter werden, dachte sich Stefanie und folgte ihr, mit Tobias im Arm, ins Wohnzimmer. Es waren sechs Frauen anwesend – zwei saßen auf der Couch, zwei in den Sesseln und zwei auf dem Fußboden - und hatten ihre Babys im Arm. Stefanie setzte sich zu den beiden Frauen auf die Couch und stellte sich der Runde vor. Die Frauen schienen alle in ihrem Alter zu sein und wirkten auf den ersten Blick sehr sympathisch. Sie kannten sich schon, das konnte Stefanie aus den Gesprächen entnehmen.

„Wir können ja ein Lied für unsere Kinder singen", schlug eine Frau vor, die Brigitte hieß. Sie war 28 Jahre alt, hatte kurze gelockte Haare und sah etwas altbacken aus. Das lag nicht nur an ihrer etwas langweiligen und altmodischen Kleidung, die eher zweckmäßig war und nicht sehr vorteilhaft. Es lag auch daran, dass sie weder Makeup noch Schmuck trug, außer einer dünnen Goldkette, an der ein kleines goldenes Kreuz hing.

„Das ist eine schöne Idee.", stimmte Anette ein und schon wurde im Chor „Alle meine Entchen" gesungen. Stefanie holte tief Luft. So hatte sie sich die Krabbelgruppe eigentlich nicht vorgestellt. Aber sie war neu hier und wollte nicht direkt negativ auffallen. Den Babys schien es zu gefallen, denn sie waren jetzt ganz still und schauten aufmerksam in die Runde. Nach drei Liedern allerdings war ihre Geduld am Ende und sie wollten keine Lieder mehr hören. Stefanie auch nicht und sie wusste jetzt schon, dass sie und Brigitte keine Freundinnen werden würden. Brigitte benahm sich, als wäre sie die Gruppenleitung, dabei war sie weder die Gastgeberin, noch demokratisch dazu gewählt worden. Sie gab jedem ungefragt Tipps und wusste alles besser. Dabei war sie, laut eigenen Angaben, auch zum ersten Mal Mutter geworden.

„Stefanie, du solltest Tobias keinen Schnuller geben. Der verformt die Zähne.", sagte Brigitte belehrend.

„Er hat doch noch gar keine!", konterte Stefanie und erhob sich. Sie musste hier weg, sonst würde sie gleich platzen. Sie ging mit Tobias in die Küche und stellte sich zu einer Frau, die gerade versuchte ihr Kind zu beruhigen. Sie wirkte nervös, weil der Kleine lauthals schrie. Stefanie lächelte sie an.

12

„Ist nicht immer einfach, nicht wahr?" sagte sie etwas lauter, um das Weinen des Kindes zu übertönen.

„Ich kann ihn einfach nicht beruhigen. Er schreit und schreit, ich schlafe kaum noch. Ich weiß nicht, was er hat." Die Frau wirkte sehr verzweifelt und sie tat Stefanie leid.

„Soll ich mal versuchen? Du heißt Elke nicht wahr?" bot sich Stefanie an. Elke nickte und schaute sie dankbar an. Sie tauschten die Babys und als Stefanie beruhigend mit dem Kleinen sprach und ihn sanft hin und her wiegte, hörte er auf zu schreien.

„Kann es sein, dass du sehr nervös bist, Elke? Ich denke, das spürt er."

„Ja, ich bin total nervös. Nachts schläft er auch nicht und mein Mann macht mich immer dafür verantwortlich. Ich sei eine schlechte Mutter, sagt er und er brauche seinen Schlaf. Dabei tue ich alles was ich kann. Aber ich bekomme ihn nicht beruhigt und bald kann ich echt nicht mehr…", sagte Elke deprimiert.

„Das finde ich aber extrem unfair von deinem Mann.", erwiderte Stefanie stirnrunzelnd. Was war das denn für ein Arsch, dachte sie sich. Der wäre bei mir richtig…

13

„Na ja, er hat einen verantwortungsvollen Job in der Bank und braucht seinen Schlaf. Weißt du, er ist Bereichsleiter und braucht seine Konzentration."

„Ach und du brauchst deinen Schlaf nicht?" entgegnete Stefanie sarkastisch. Sie hasste Männer, die ihre Frauen dominierten und Elkes Mann war anscheinend ein richtiger Macho.

„Ich lege mich tagsüber kurz hin, aber das ist nicht das Gleiche. Die Kinderärztin sagt, dass ihm organisch nichts fehlt. Also kann es nur an mir liegen…."

Sie hat ja überhaupt kein Selbstvertrauen mehr, dachte sich Stefanie. Dabei war sie eine gutaussehende Frau. Sie wollte sie näher kennenlernen, deshalb lud sie Elke für den kommenden Tag auf einen Kaffee zu sich ein und Elke nahm die Einladung erfreut an. Jetzt aber wollte Stefanie nach Hause gehen, deshalb tauschte sie die Babys zurück und verabschiedete sich. Auf dem Heimweg dachte sie über Brigitte, Elke und ihr neues Leben als Mutter nach. Warum mutierten viele Frauen, wenn sie Kinder bekamen, zu devoten Muttis? Elke wirkte auf sie intelligent und sie war bestimmt berufstätig gewesen, bevor sie schwanger wurde. Und jetzt ließ sie sich von ihrem Mann behandeln, als wäre sie selbst auch noch ein Kind. Das konnte Stefanie nicht begreifen. Diesen Mann würde sie gerne mal kennenlernen…

Am nächsten Tag kam Elke mit ihrem Sohn Maximilian zu Stefanie nach Hause. Beide sahen übermüdet aus und Maximilian war sehr quengelig. Stefanie nahm Maximilian auf den Arm und ließ Elke Zeit, um sich umzusehen.

„Schön habt ihr es hier.", sagte Elke begeistert. „Ich hätte ja auch gerne so eine gemütliche Einrichtung, aber mein Mann mag es lieber modern."

„Und warum mischt ihr dann die beiden Stile nicht?" schlug Stefanie vor.

„Ach, das ist schon okay. Ich habe keine Lust auf Diskussionen. Ich bin froh, wenn ich meine Ruhe habe. Er ist sowieso schon oft schlecht gelaunt. Er arbeitet einfach zu viel und kommt immer so spät nach Hause, da will ich ihn nicht noch mit so etwas belasten." Elke schaute sich die Fotos an den Wänden an. „Dein Mann sieht sehr gut aus Stefanie. Ihr seid ein schönes Paar. Seit wann kennt ihr euch?"

„Seit knapp drei Jahren. Und du und dein Mann?", fragte Stefanie.

„Wir kennen uns schon seit der Schule. Andreas wusste schon damals was er wollte und er wollte wohl mich.", antwortete Elke lachend.

„Hast du vor Maximilians Geburt gearbeitet Elke?"

„Oh ja! Ich habe eine Ausbildung als Bankkauffrau gemacht. In der gleichen Bank, in der Andreas heute arbeitet. Wir haben zusammen die Ausbildung gemacht und ich war in der Abschlussprüfung sogar besser als er!", sagte Elke mit einem Augenzwinkern. „Aber dann hat Andreas schnell Karriere gemacht, er ist halt ein Mann! Wir Frauen schaffen das ja nicht so schnell…und nach der Hochzeit wollte er nicht mehr, dass ich arbeite."

„Und was wolltest du?" fragte Stefanie herausfordernd.

„Ach, ich hab ja das große Haus und den Garten. Das ist auch viel Arbeit. Und nun ist auch Maximilian da…" Sie nahm Stefanie ihren Sohn ab und setzte sich mit ihm auf die Couch. Stefanie holte den Kaffee und dann plauderten sie, mit ihren Kindern im Arm. Elke entspannte sich scheinbar und Maximilian weinte gar nicht mehr. Sie blieb fast zwei Stunden und nahm Stefanie beim Abschied das Versprechen ab, im Gegenzug auch bei ihr auf einen Kaffee vorbei zu kommen.

Ein paar Wochen später verabschiedete sich Matthias Montagmorgens von ihr und sie wusste, dass sie sich erst in fünf Tagen wieder sehen würden. Die Firma hatte ihm ein möbliertes Appartement besorgt und er brauchte nur seine Kleidung mitnehmen. Die Kosten für die Miete wurden natürlich vom Kunden übernommen, es handelte sich um ein sehr großes amerikanisches Unternehmen. Dafür erwarteten sie allerdings auch volle Einsatzbereitschaft. Sie küssten sich und Stefanie wollte ihn gar nicht gehen lassen. Er wand sich aus ihrer Umarmung und meinte „Ich bin doch Freitag wieder bei euch."

Dann stieg er ins Auto und fuhr los. Sie stand, mit einem Kloß im Hals, in der Tür und winkte so lange, bis sie sein Auto nicht mehr sehen konnte. Traurig ging sie zurück ins Haus, das ihr plötzlich so leer vorkam und Matthias war erst in fünf Tagen wieder da...

2

Das Bankgebäude der Volksbank befand sich auf dem Dorfplatz, direkt neben dem kleinen Lebensmittelgeschäft, nur 500 Meter von Stefanies Haus entfernt. Es war ein Gebäude aus den 70er Jahren, mit braunen Alufenstern und gekachelter Fassade. Stefanie musste einige Überweisungen tätigen, deshalb machte sie, mit Tobias im Kinderwagen, einen Spaziergang und ging dabei an der Bank vorbei. Als sie gerade das Bankgebäude betreten wollte, zog von innen ein Mann die Tür auf und rempelte sie beim Rausgehen wütend an.

„Hey, passen Sie doch auf!", schimpfte Stefanie, doch der Mann ging maulend zu seinem Auto und fuhr mit quietschenden Reifen davon. Sie betrat die Bank und hörte, wie ein Bankmitarbeiter seine junge Kollegin zurechtwies. Diese machte einen sehr geknickten Eindruck und war ganz rot im Gesicht.

„Das kommt nicht wieder vor, Herr Schneider.", sagte die junge Frau kleinlaut.

„Das will ich auch hoffen!", sagte der Mann in einem sehr barschen Ton. „Beim nächsten Mal fragen Sie mich gefälligst. Er bekommt keinen Cent mehr von uns!" Jetzt bemerkte er Stefanie und kam lächelnd auf sie zu.

„Schönen guten Tag. Was kann ich für Sie tun?", sagte er übertrieben freundlich. Stefanie mochte ihn auf Anhieb nicht und überreichte ihm ihre Überweisungen. Er war kein gutaussehender Mann und etwas untersetzt. Da nutzte auch der Anzug nichts, er machte aus ihm keinen Augenschmaus. Die Haare fielen ihm auch schon aus und die Stirnglatze ließ ihn älter aussehen, als er wahrscheinlich war.

„Wie ich sehe, sind sie nicht Kunde unseres Hauses. Dann können Sie auch ihre Überweisungen nicht bei uns abgeben.", sagte er arrogant und hielt ihr die Überweisungen hin.

„Das wusste ich nicht.", sagte Stefanie überrascht und nahm die Überweisungen wieder entgegen. Sie hatte ihr Konto noch bei einer Bank in Köln und in der hiesigen Volksbank Geld am Automaten gezogen. Deshalb ging sie davon aus, dass sie auch ihre Überweisungen dort abgeben könne. Sie schaute nochmal kurz zu seiner Kollegin, die immer noch ganz rot im Gesicht war und verließ die Bank. So ein Kotzbrocken, dachte sich Stefanie.

Vor der Tür traf sie auf Elke, die eine Zeitung in der Hand hielt.

„Hallo Stefanie.", sagte sie erfreut. „Hast du einen Moment? Ich muss nur schnell meinem Mann die Zeitung bringen."

Der war Elkes Mann? Das passte allerdings zu ihrer Beschreibung, wenn sie es sich recht überlegte. Wie konnte es Elke nur mit diesem Kerl aushalten? Elke kam kurz darauf wieder aus der Bank und stellte sich neben Stefanie.

„Wie geht es dir, Elke?", fragte Stefanie lächelnd.

„Ich bin ein bisschen in Eile, aber ansonsten ganz gut. Wir haben die Handwerker im Haus und ich muss schnell wieder zurück, das Essen kochen. Mein Mann kommt mittags nach Hause und will dann pünktlich essen. Außerdem muss er die Maler kontrollieren, sagt er." Sie lächelte, aber das Lächeln wirkte aufgesetzt. „Du wolltest mich doch besuchen kommen!", sagte sie vorwurfsvoll.

„Ich rufe dich an und wir machen einen Termin aus, okay? Dann können wir in Ruhe reden.", sagte Stefanie und schon hastete Elke zu ihrem Mercedes Kombi.

„Mach das bitte!", rief ihr Elke noch zu und fuhr davon.

Stefanie konnte nicht aufhören sich Elke und diesen Andreas vorzustellen. Was fand sie nur an diesem Schmierlappen? Sie hätte, mit ihrem Aussehen und ihrer Ausbildung, andere Chancen gehabt. Stattdessen ließ sie sich von diesem Idioten bevormunden. Den würde ich erwürgen, dachte sie sich.

Sie ging ihre Runde mit dem Kinderwagen und dann wieder nach Hause. Als sie die Tür aufschließen wollte, hörte sie aus dem geöffneten Fenster des Nachbarhauses einen Mann wütend und laut reden.

„Das kann er mit uns nicht machen! Wir sind schon Ewigkeiten Kunden der Bank und jetzt so was. Ich habe immer pünktlich die Raten gezahlt und jetzt lässt er uns so hängen. Das lasse ich mir nicht gefallen! Der hat auch einen Vorgesetzten, an den wende ich mich. Das wollen wir doch mal sehen..."

Stefanie war es unangenehm, dass sie alles hören konnte, aber der Mann nebenan hatte wohl vergessen, dass das Fenster geöffnet war. Sie hörte noch die Stimme ihres Nachbarn, dann hatte sie den Kinderwagen in ihr Haus geschoben und die Tür geschlossen. Wie schrecklich für den Mann, dachte sich Stefanie.

Finanzielle Sorgen sind furchtbar und sie war froh, dass sie diese Sorge nicht auch noch hatte. Dafür zahlte sie allerdings einen hohen Preis, sie war die ganze Woche mit Tobias alleine. Aber morgen war ja schon Dienstag…

Sie schaute aus dem Küchenfenster und sah den Mann, der sie eben vor der Bank fast umgeworfen hatte, in sein Auto steigen und wegfahren.

Am darauffolgenden Mittwoch ging Stefanie mit Tobias zu ihrer Krabbelgruppe. Sie freute sich jetzt schon immer auf diese Abwechslung und hatte sich mittlerweile an die Rituale und Kinderlieder gewöhnt. Die Gespräche drehten sich zwar meistens um das Stillen und die Verdauungsprobleme der Kinder, aber es war besser als alleine zu Hause zu sitzen.

Als sie in Anettes Wohnzimmer kam, sah sie Heike weinen. Von ihr wusste sie bisher nicht viel, nur dass sie drei Kinder hatte und ihr Mann eine Schreinerei besaß. Heike war gerade dabei zu erzählen, was sie bedrückte. Unter Tränen erzählte sie, dass sie vielleicht den Betrieb verlieren würden. Die Auftragslage wäre sehr schlecht und sie hätte schreckliche Angst. Elke nahm sie in den Arm und tröstete sie. „Das wird schon nicht passieren. Es gibt bestimmt einen Weg."

„Die Bank gibt uns kein Geld mehr und die Ersparnisse sind schon lange aufgebraucht. ", schluchzte Heike. Stefanie sah, dass alle Frauen Elke anschauten. Die schaute betreten zu Boden. „Kannst du nicht mal mit deinem Mann sprechen, Elke?", fragte Anette sie.

„Wir reden nicht über seine Arbeit. Ihr wisst doch... Bankgeheimnis.", stammelte Elke verlegen. „Aber du weißt es doch jetzt schon.", erwiderte Anette. Über Anette wusste Stefanie mittlerweile, dass sie die Mutter von den Zwillingen Nils und Sven war, sie und ihr Mann in führenden Positionen in einem großen Unternehmen arbeiteten und sie sehr durchstrukturiert war. Bei ihr hatte man den Eindruck, dass ihr alles leicht von der Hand ging. Sie hatte ein großes Haus und es sah perfekt aus. Bei ihr Zuhause war es schon mal chaotisch und nie so aufgeräumt wie bei Anette.

„Im schlimmsten Fall meldet ihr Insolvenz an und dann wird alles geregelt.", sagte Anette beruhigend in ihrem Businesston. Bei ihr hörte es sich wirklich nicht so schlimm an, aber Heike schluchzte erneut auf.

„Der Betrieb ist seit Generationen in Familienbesitz. Das bringt den Robert um!", weinte sie. Stefanie überlegte, ob der Mann in der Bank dieser Robert gewesen war. Das konnte ja Zufall sein, aber passen würde es, so wütend wie der war.

Die Stimmung blieb gedrückt und Stefanie war dann doch froh, als sie mittags wieder mit Tobias nach Hause gehen konnte. Heike tat ihr leid, aber sie wusste auch nicht, wie sie ihr helfen konnte.

Monate vergingen und der Schreiner musste tatsächlich seinen Betrieb schließen. Es ging das Gerücht im Dorf herum, dass Elkes Mann schuld daran wäre, aber die Leute redeten ja immer viel. Heike war völlig am Ende, weil sie alles verloren hatten. Sie mussten aus dem Haus ausziehen, es wurde zwangsversteigert und die fünfköpfige Familie wohnte jetzt vorübergehend bei Heikes Mutter im Haus. Heike wurde immer dünner und stiller in der Zeit. Und dann rief Elke an.

„Ich muss dir etwas Schreckliches erzählen. Heikes Mann ist tot. Er ist von der Talbrücke -Zingsheimer Wald- gesprungen. Ist das nicht furchtbar?"

Stefanie war schockiert. Sie war noch nie in einer ähnlichen Situation gewesen und hatte noch nie über Selbstmord nachgedacht, deshalb fiel es ihr schwer so etwas nachzuvollziehen. Natürlich war die finanzielle Situation für die Familie schlimm gewesen, aber sie hätte nie gedacht, dass Robert sich deshalb umbringen würde. Oder war es nicht nur deshalb?

„Das ist absolut furchtbar. Die arme Heike.....jetzt steht sie alleine mit den drei Kindern da und ohne Geld. Einfach schrecklich...“

„Was sagt denn dein Mann dazu, Elke?“, wollte Stefanie wissen.

„Ich rede mit ihm nicht darüber. Er hat sich fürchterlich darüber aufgeregt, dass man im Dorf dummes Zeug erzählt und ihm was anhängen will. Er hat gesagt, dass er jeden verklagt, der so was erzählt. Wegen übler Nachrede...“

„Und was glaubst du, Elke?“, erwiderte Stefanie kritisch.

„Mein Mann macht nur seinen Job und in seiner Position darf man nicht gefühlsduselig sein.“, antwortete Elke und Stefanie war sich sicher, dass das Andreas Worte waren.

„Aber schlimm ist trotzdem...“ setzte Elke traurig nach und seufzte.

Zu der Beerdigung kamen viele Menschen. Der kleine Friedhof war total überfüllt und Stefanie stellte sich mit dem Kinderwagen nach hinten. Heike, ihre beiden Söhne und der kleine Thomas im Kinderwagen standen vor dem Grab und Einer nach dem Anderen ging an ihr vorbei, um ihr sein Beileid auszusprechen. Als Andreas auf Heike zuging, schrie sie ihn wütend an.

„DU bist Schuld, dass der Robert sich umgebracht hat! Nur DU alleine!", dann brach sie weinend zusammen. Elkes Mann war einen Schritt zurückgegangen und wandte sich jetzt arrogant lächelnd von Heike ab. Er ging hocherhobenen Hauptes an der Menschenmenge vorbei und verließ den Friedhof. Elke folgte ihm mit rotem Kopf. Sie warf Stefanie im Vorbeigehen noch einen Blick zu und sie konnte erkennen, dass ihr die ganze Angelegenheit sehr unangenehm war.

Zu den nächsten Treffen kamen weder Heike noch Elke und es wurde noch viel spekuliert über die Angelegenheit. Die Schreinerei wurde abgerissen und ein großes Schild wies darauf hin, dass hier demnächst ein Mehrfamilienhaus entstehen würde. Angeblich war Andreas Bruder der Bauherr...

3

Matthias kam jedes Wochenende nach Hause, aber er hatte sich verändert. Zu Beginn seiner Dienstreisen war er sehr anhänglich gewesen, wenn er freitagabends nach Hause kam. Jetzt mittlerweile wirkte er genervt von Tobias Weinen und kümmerte sich kaum um ihn. Er zog sich in sein Arbeitszimmer zurück und wollte nicht gestört werden. Stefanie versuchte ihren Mann an den Wochenenden zu verwöhnen und kochte ihm seine Lieblingsgerichte. Sie wusste, dass er einen anstrengenden Beruf hatte und er die Wochenenden brauchte, um Kraft zu schöpfen. Aber es gab auch Dinge im Haus, um die sie sich nicht kümmern konnte und so musste sie ihn manchmal darum bitten, sich der Sache anzunehmen.

„Matthias, könntest du dir eventuell heute oder morgen den Abfluss in der Spüle anschauen? Das Wasser läuft so schlecht ab."

„Da kannst du doch am Montag den Installateur kommen lassen. Ich habe wirklich keine Lust mich in der kurzen Zeit, in der ich Zuhause bin, mit solchen Sachen zu beschäftigen. Außerdem habe ich gleich noch ein wichtiges Telefonat."

„Dienstlich? Aber ich dachte wir machen etwas Schönes zusammen? Wir könnten uns eine Flasche Wein aufmachen und es uns auf der Couch gemütlich machen. Vielleicht dazu ein schöner Film auf DVD?", schlug Stefanie vor.

„Ich kann es leider nicht ändern, Schatz. Ich gehe ins Arbeitszimmer. Störe mich bitte nicht, ja?"

„Wird es denn lange dauern?", Stefanie war sehr enttäuscht. Sie sah ihn kaum und dann arbeitete er auch noch am Wochenende.

„Ich weiß es nicht. Bis später..." und schon war er im Arbeitszimmer verschwunden. Die Stunden vergingen, es wurde Abend und wieder brachte sie Tobias alleine ins Bett. Als Matthias aus dem Arbeitszimmer kam, ging er direkt ins Bad.

Stefanie huschte ins Schlafzimmer, zog sich ihr schönstes Negligé an und legte sich verführerisch auf das Bett. Als Matthias aus dem Bad und ins Schlafzimmer kam, schaute er sie irritiert an.

„Eine süße Idee Schatz, aber ich bin zu kaputt. Ich schaue noch die Nachrichten und gehe dann ins Bett. Ein anderes Mal, okay?" Er ging ins Wohnzimmer und schaltete den Fernseher ein.

Stefanie fühlte sich total vor den Kopf gestoßen. Sie hatte zwar seit der Schwangerschaft noch ein paar Kilo mehr drauf, aber immer noch eine gute Figur und sie hatten seit Wochen keinen Sex mehr gehabt. Warum wollte er sie nicht? Sie legte sich ins Bett und nahm sich ihr Buch.

Dann eben nicht. Wer nicht will, der hat schon…, dachte sich Stefanie trotzig.

Hat schon? Hatte er eventuell eine Andere in Berlin…?

Stefanie hatte festgestellt, dass Tobias sich nicht so entwickelte, wie die anderen Kinder in der Krabbelgruppe. Er zeigte kein Interesse an den anderen Kindern und wollte immer nur auf ihrem Schoß sitzen. Der Kinderarzt hatte sie beruhigt und meinte, dass jedes Kind anders wäre. Wenn sie mit Matthias über ihre Sorgen sprechen wollte, hatte er oft gerade keine Zeit und später wollte er seine Ruhe.

Dann kam das erste Wochenende, an dem Matthias nicht nach Hause kommen wollte. Er hätte viel zu tun, so dass er das ganze Wochenende arbeiten müsse.

Stefanie spürte, dass etwas nicht stimmte. Aber sie hoffte, dass sie sich irrte...

Ich frage mal Elke, ob sie kommen mag, überlegte sie sich frustriert. Sie war so oft alleine und hatte keine Lust mehr auf Alleinsein.

„Ich würde sogar sehr gerne kommen, Stefanie. Ich frage mal Andreas, ob er nichts dagegen hat."

Sie fragt ihren Mann, ob sie zu ihrer Freundin gehen kann? Das ist unglaublich, dachte sich Stefanie. Elke tat ihr irgendwie leid und sie sich selbst auch. Dann könnten wir uns doch gemeinsam leidtun, sagte sie zu sich selbst und schmunzelte vor sich hin.

Elke kam wieder ans Telefon und fragte: „Wann soll ich kommen? Kann ich Maximilian mitbringen?"

„Aber natürlich kannst du ihn mitbringen!", meinte Stefanie erfreut. Maximilian war ein lieber Junge und sie mochte ihn.

Sie saßen kurz darauf, bei einer Tasse Kaffee, in Stefanies Wohnzimmer und Maximilian spielte vergnügt mit Tobias Bauklötzen. Tobias saß wie immer auf Stefanies Schoß. Egal wie sehr sie versuchte ihn zum Mitspielen zu bewegen, er wollte nicht und weinte, sobald sie ihn auf den Boden setzte. Auf dem Schoß war er ruhig, also blieb er da. Stefanie wollte sich in Ruhe mit Elke unterhalten.

„Andreas ist im Moment sehr aufbrausend. Die Geschichte mit Robert hängt ihm ganz schön nach. Ich denke auch manchmal, dass die Leute mich komisch ansehen."

„So ist das im Dorf, da wird immer geredet. Die hören auch wieder auf.", versuchte Stefanie sie zu beruhigen.

„Aber seit dem Bau dieses Hauses ist es schlimmer geworden. Andreas meint, dass sein Bruder ganz legal das Grundstück und das Haus erworben hat. Dass kaum Bieter da waren, dafür kann er ja nichts, sagt er."

„Wie viele Bieter waren denn da?", wollte Stefanie wissen.

„Soviel ich weiß nur zwei und die sind dann auch früh ausgestiegen. Es tut mir ja auch leid, dass Robert und Heike nicht viel bekommen haben. Ich hätte auch gedacht, dass das Haus einen viel höheren Wert hat. Alleine die Werkstatt mit den ganzen Maschinen... Es reichte letztendlich wohl noch nicht einmal um die Schulden abzudecken. Das habe ich nicht von Andreas! Das hat mir Heike erzählt."

Elke biss sich auf die Lippen. Wenn ihr Mann wüsste, dass sie sich über ihn unterhalten, wäre er nicht erfreut. Aber sie hatte sonst niemanden, dem sie sich anvertrauen konnte und war froh, dass sie in Stefanie eine Freundin gefunden hatte.

„Keine Sorge, ich erzähle es keinem!", beruhigte Stefanie sie.

Dieser Andreas hatte eventuell dafür gesorgt, dass sein Bruder das Grundstück mit Haus und Maschinen günstig bekommen hatte. Als Bereichsleiter hatte er genügend Einfluss auf die Angelegenheit und er kannte alle wichtigen Leute persönlich. Sie dachte an Heike und ihre missliche Lage und das machte sie sehr wütend. Elke konnte auch nichts dafür, sie hatte selber Angst vor ihrem Mann. Wenn man diesem Andreas nur etwas nachweisen könnte...

4

Weihnachten stand vor der Tür und Stefanie hatte das ganze Haus schon reichlich dekoriert. Tobias konnte jetzt laufen und in diesem Alter war eigentlich nichts vor den Kindern sicher. Tobias aber fasste kaum etwas an. Er war immer noch sehr zurückhaltend und wollte die ganze Zeit in Stefanies Nähe sein. Sie hatte nur ein paar Minuten für sich, wenn er mittags schlief.

Es war Freitagmorgen, zwei Tage vor Weihnachten, als Matthias anrief.

„Schatz, es tut mir schrecklich leid, aber ich kann über Weihnachten nicht nach Hause kommen. Es kommen wichtige Leute aus den USA und denen muss ich Berlin zeigen. Das verstehst du doch, oder?...Schatz?"

Stefanie stand schockiert da und ihr war plötzlich übel. Sie hatte das Gefühl, sie würde gleich den Boden unter den Füßen verlieren und sie brachte kein Wort heraus.

„Schatz? Bist du noch dran?", fragte Matthias nochmal.

„Ja...da kann man dann wohl nichts daran ändern... Matthias? Hast du eine Andere?"

Stille....

„Ich wollte es dir eigentlich nicht am Telefon erzählen. Aber ich kann dich auch nicht anlügen... Bitte lass uns nach den Feiertagen in Ruhe darüber reden, ja? Ich wünsche dir trotzdem ein schönes Weihnachtsfest. Gib Tobias einen Kuss von mir... Ich leg jetzt auf... Bis bald!"

Stefanie stand mit dem Handy in der Hand da und starrte ins Leere. Sie hatte es geahnt, aber jetzt war es raus. Er hatte in Berlin eine andere Frau und feierte wahrscheinlich mit ihr Weihnachten. Der Schock saß tief und sie hätte am liebsten geweint, aber sie konnte nicht.

„Mama? Arm." Tobias zog an ihrem Hosenbein. Sie nahm ihn auf den Arm und gab ihm einen Kuss auf die Wange.

„Wir müssen alleine Weihnachten feiern, Spatzi...", sagte Stefanie gefasst und kämpfte mit dem Kloß im Hals. In der Nacht machte sie kein Auge zu, sondern weinte ihr Kissen nass.

Nach den Feiertagen rief Matthias an und beichtete ihr alles. Sie war eine Kollegin aus Berlin, hieß Angela und es war einfach passiert, sagte er. Er hätte sich verliebt und Angela wäre so ansteckend fröhlich und so herrlich spontan. Er wolle aber seinen Sohn regelmäßig sehen und er würde sie natürlich weiterhin finanziell unterstützen, versicherte er. Das tat er auch und er kam jeden Monat ein Mal vorbei, wenn er in Köln war und seine Eltern besuchte. Jedenfalls am Anfang. Dann wurden die Besuche immer seltener.

Stefanie traf sich jetzt regelmäßig mit Elke und das tat ihr gut. Elke half ihr über die schwere Zeit hinweg und Stefanie mochte sie sehr gern. Die Treffen mit der Krabbelgruppe fanden auch weiterhin statt. Sie hatte den Frauen von ihrer Trennung erzählt und alle hatten ihr zugesichert, dass man ihr helfen wolle, so gut man könnte und das nahm sie dankbar an.

Brigitte hatte ihr vorgeschlagen, dass sie auch zu den Treffen der katholischen Frauengemeinschaft kommen könnte.

„Ich bin die Vorsitzende der KfG Engelau und ich stelle dich gerne den Damen vor. Wir helfen dem Pfarrer in der Kirche und haben immer sehr nette Treffen. Außerdem backen wir regelmäßig für den Nachmittagskaffee. Du kannst doch sicher backen, Stefanie?"

War das eine Suggestivfrage? Stefanie wusste nicht, wie sie aus der Nummer wieder raus kam. Brigitte wäre die letzte Person, mit der sie ihre Freizeit verbringen wollte. Es reichte schon, dass sie immer alle zum Basteln animierte und lustige Bügelperlen-Topfuntersetzer mit den Kindern kreierte.

Stefanie wollte nicht mit den katholischen Frauen über Backrezepte plaudern. Sie war ja noch nicht einmal katholisch. Vor Jahren war sie aus der Kirche ausgetreten, aber das erzählte jetzt lieber nicht...

„Das ist ganz lieb von dir Brigitte.", säuselte Stefanie. „Aber ich bin schon im Thermomixclub."

Brigitte schaute sie irritiert an und drehte sich dann beleidigt um.

Elke hätte am liebsten losgelacht, verkniff es sich aber. Mit Brigitte war nicht gut Kirschen essen. Sie gingen gemeinsam in Anettes Küche und kicherten, sobald sie durch die Tür waren.

„Die hast du aber abblitzen lassen.", freute sich Elke diebisch. „Sie versucht Jeden zu bekehren und weiß immer alles besser. Ich mag sie nicht besonders."

„Ich weiß, sie nervt. Außerdem habe ich mit Kirche nichts am Hut.", sagte Stefanie und verdrehte die Augen.

„Das darfst du aber nicht meinem Mann erzählen!", flüsterte Elke. „Wir gehen jeden Sonntag in die Kirche, weil er ein gutes Vorbild sein muss. In Wirklichkeit trifft er sich anschließend mit dem Gemeinderat und bespricht immer irgendwelche wichtigen Sachen mit ihnen. Bei einem Bier in der Kneipe natürlich."

„Ich war das letzte Mal an meiner Konfirmation in der Kirche.", erwiderte Stefanie grinsend.

„Ach hier seid ihr!", sagte Anette und kam in die Küche. „Du bist nicht mehr die Einzige in der Runde, die einen untreuen Ehemann hat, Stefanie. Sabine hat gerade erzählt, dass ihr Mann Jürgen wahrscheinlich auch eine Affäre hat. Aber er sollte sich gut überlegen, ob er sie verlässt. Unterhalt für vier Kinder, das wird teuer!"

„Der Apotheker hat eine Affäre?", fragt Elke und schaute sie verblüfft an. „Obwohl, der Jürgen gräbt ja jede Frau an, die gut aussieht. Hat er dich noch nicht angemacht, Stefanie?"

„Nein. Aber ich war auch noch nie in der hiesigen Apotheke. Ich gehe immer in die Apotheke neben meinem Kinderarzt in Schleiden. Den Casanova schaue ich mir aber mal an.", sagte Stefanie und zog dabei eine Augenbraue hoch.

Brigitte betrat jetzt auch die Küche und musterte Stefanie streng.

„Stefanie, dein Sohn hat meiner Johanna an den Haaren gezogen. Ich möchte, dass du mit ihm darüber sprichst, dass sich das nicht gehört.", bemerkte sie spitz.

„Jawohl Brigitte, ich werde das mit ihm ausdiskutieren.", antwortete Stefanie grinsend.

„Ich meine das ernst, Stefanie!" Brigitte schaute sie böse an.

Sie meinte das wirklich ernst. Brigitte drehte sich um und verließ die Küche. Stefanie war irritiert. War das nicht normal, dass sich die Kinder auch mal an den Haaren zogen? Sie konnte sich an ihre Kindheit erinnern und wie oft die Jungs an ihren Zöpfen gezogen hatten.

„Die machen das, weil sie dich mögen.", sagte ihre Mutter dann immer.

Vielleicht mag Tobias die kleine Johanna?, dachte sich Stefanie und hakte das Thema für sich ab.

Aber das Thema holte sie immer wieder ein. Tobias haute jetzt öfters andere Kinder und zog sie an den Haaren. Meistens war sie dabei gerade nicht im Zimmer und am Anfang hatte sie das nicht glauben wollen. Doch dann mehrten sich die Beschwerden bei ihr. Tobias war ansonsten ein ganz lieber Junge und Zuhause völlig unauffällig. Er war verschmust und sensibel. Sie konnte sich nicht vorstellen, dass er die Dinge tat, die man ihm nachsagte.

„Das kommt bestimmt durch die Trennung!", sagte Elke tröstend zu ihr, als sie bei Stefanie auf der Couch saß. „Sie bekommen mehr mit, als wir denken und er ist wahrscheinlich durcheinander."

„Du hast bestimmt Recht, Elke. Aber es ist mir unangenehm, dass immer nur mein Sohn Thema ist. Brigitte freut sich doch insgeheim, wenn sie mich maßregeln kann. Ihre Tochter tut mir jetzt schon leid."

„Nimm dir das nicht so zu Herzen, Stefanie. Die Brigitte ist halt so. Lass sie reden."

„Du hast gut reden. Dich lässt sie ja in Ruhe…", erwiderte Stefanie.

„Aber nur, weil sie Angst vor Andreas hat. Der würde ihr ein paar passende Worte sagen."

Tja, sie stand alleine da und musste sich mit solchen Menschen auseinandersetzen. Stefanie vermisste Matthias sehr und hätte ihn manchmal gerne als Rückendeckung gehabt. In ihrem Job hatte sich Stefanie gut ausgekannt und konnte mit ihren Klienten souverän umgehen, aber in ihrem neuen Job als Mutter war sie noch sehr unsicher.

Da Stefanie starke Kopfschmerzen hatte, ging sie nachmittags zur Apotheke im Ort. Sie wusste, dass der Apotheker der Ehemann von Sabine war und dass er vier Kinder mit ihr hatte. Außerdem hatte er wohl angeblich eine Affäre. Mit wem wusste Sabine nicht.

Stefanie betrat die Apotheke und hatte noch eine Kundin vor ihr. Es war eine attraktive Frau, ungefähr Ende zwanzig und Jürgen, der Apotheker, war äußerst charmant zu ihr.

„Ich hätte da noch eine sehr gute Gesichtscreme im Angebot. Sie lässt den Teint strahlen. Wobei Sie das eigentlich nicht nötig haben, bei Ihrer Schönheit." Jürgen lächelte sie anzüglich an und die junge Frau errötete leicht. Sie ließ sich die Creme zeigen und er tupfte ihr einen kleinen Tropfen auf ihr Handgelenk und massierte es leicht für sie ein. Dabei schaute er ihr ungeniert in ihren Ausschnitt. Stefanie beobachtete das mit Argwohn und musste an Matthias denken.

Jürgen flirtete mit der Frau immer heftiger und schien Stefanie ganz zu vergessen. Sie räusperte sich, da schaute er zu ihr auf und war von einer Minute auf die andere wieder ganz geschäftsmäßig. Er kassierte bei der Frau ab und diese ging lächelnd an Stefanie vorbei, um die Apotheke zu verlassen.

„Was kann ich für Sie tun?", fragte Jürgen höflich.

„Ich brauche Kopfschmerztabletten.", sagte Stefanie kühl. „Am besten etwas stärkeres."

Jürgen legte ihr eine Packung auf den Tresen und lächelte sie dabei an. „Ich habe Sie hier noch nie gesehen. Sind Sie neu zugezogen?", fragte er neugierig.

„Eigentlich nicht. Ich stamme von hier.", antwortete Stefanie erneut reserviert.

„Wie konnte ich Sie nur bis jetzt übersehen?", sagte Jürgen und zwinkerte ihr zu.

Oh mein Gott, der hält sich für unwiderstehlich, dachte sich Stefanie und wollte schnell wieder raus aus der Apotheke.

„Kann ich noch etwas für Sie tun?", fragte Jürgen und lächelte sie lüstern an. Er zeigte dabei seine makellosen Zähne und war sich seiner Wirkung auf Frauen sehr bewusst.

„Nein danke", sagte Stefanie und überreichte ihm einen 20 Euroschein. Er nahm ihn und streichelte dabei absichtlich ihre Hand. Sie zuckte unwillkürlich zurück. Der hat sie wohl nicht alle, dachte sich Stefanie und schaute ihn böse an. Er aber lächelte sie weiterhin an und rief ihr „Hoffentlich bis bald" nach, als sie im Begriff war hinaus zu gehen. Also wenn der keine Affäre hatte, würde sie einen Besen fressen...

5

Die Jahre vergingen und mittlerweile ging Tobias
vormittags in den Kindergarten. Stefanie hatte jetzt
ungewohnt viel Zeit für sich und genoss die Stunden
alleine. Das Haus sah jetzt auch wieder aufgeräumter
aus. Im Kindergarten gab es jedoch oft Probleme mit
den anderen Kindern und die Kindergartenleiterin
hatte ihr nahegelegt, doch nochmal mit dem Kinderarzt zu sprechen. Tobias hatte Probleme im Sozialverhalten, aber auch in der Feinmotorik. Der Kinderarzt
gab Stefanie eine Überweisung zu einem Kinderpsychologen und für eine Ergotherapie. Nach ein paar
Sitzungen beim Kinderpsychologen teilte dieser ihr
mit, dass ihr Sohn wahrscheinlich ein Autist sei. Stefanie war erst schockiert, weil sie nicht wollte, dass ihr
Sohn krank ist. Aber andererseits auch erleichtert, weil
sie jetzt wusste, warum er sich so verhielt. Der Psychologe wollte noch Tests mit ihm machen und sie
müsste in ein Krankenhaus mit ihm gehen, um ein
EEG machen zu lassen. Doch er war sich schon ziemlich sicher.

Abends setzte sich Stefanie an den PC und durchsuch-
te das Internet nach Informationen zu Autismus.

„**Autismus** (von altgriechisch autos „selbst") ist eine tiefgreifende Entwicklungsstörung, die als Autismus-Spektrum-Störung diagnostiziert wird. Die Betroffenen haben große Schwierigkeiten mit der Wahrnehmung und der Verarbeitung von Umwelt- und Sinnesreizen. Sehr schnell können Sie in die Situation einer Überladung mit Sinneseindrücken kommen. Die meisten Menschen mit Autismus lassen Spontanität, Initiative und Kreativität vermissen. Sie haben Schwierigkeiten, Entscheidungen zur Bewältigung einer Aufgabe zu treffen, auch wenn die Aufgabe kognitiv zu bewältigen wäre", stand bei Wikipedia.

Es gab verschiedene Formen des Autismus wie zum Beispiel das „Asperger Syndrom". Mit dieser „milderen" Form des Autismus wäre er später nicht so sehr eingeschränkt und könnte ein normales Leben führen. Stefanie fühlte sich plötzlich schwach und leer. Tobias war ein so liebenswerter Junge, sie hätte niemals gedacht, dass er „anders" sei. Was bedeutete das jetzt für ihn? Würden die anderen Kinder darauf Rücksicht nehmen? Oder würden sie ihn noch mehr ausgrenzen? Tausend Fragen gingen Stefanie durch den Kopf und sie bekam Angst davor, dass man ihm wehtun könnte. Sie würde ihn beschützen und wie eine Löwin für ihn kämpfen.

Wer ihm weh tut, bekommt es mit mir zu tun, dachte sich Stefanie.

Sie rief Matthias an, aber er ging nicht ans Telefon. Es war ja auch schon nach 22 Uhr. Er war bestimmt schon im Bett…mit Angela… Sie seufzte… Morgen würde sie es nochmal versuchen, jetzt musste sie aber schlafen gehen. Da klingelte ihr Telefon.

Das ist bestimmt Matthias! Da war er wohl doch noch wach, dachte sich Stefanie und drückte erfreut auf die Hörertaste.

„Hallo Matthias, danke für deinen Rückruf", sagte Stefanie freundlich, ohne auf die Anzeige am Telefon geachtet zu haben.

„Wenn Sie nicht dafür sorgen, dass ihr Sohn sich anständig benimmt, dann werde ICH dafür sorgen. Faules Obst muss aus dem Obstkorb entfernt werden!" Es wurde aufgelegt.

„Wie bitte? Wer sind Sie? Hallo…?" Stefanie schaute entsetzt auf den Telefonhörer. Sie hatte nicht auf die Anzeige geachtet und nicht gesehen, welche Nummer angerufen hatte. Aber das konnte man doch irgendwie abfragen, dachte sich Stefanie und drückte hektisch auf die Tasten am Hörer. „Anrufliste", da war sie.

„Unbekannte Nummer"... so ein Mist. Wer war das gewesen? Die Stimmer des Mannes hatte sie noch nie gehört und sie war schockiert mit welcher Kälte dieser Mann gesprochen hatte.

Faules Obst muss aus dem Obstkorb entfernt werden......Mein Sohn ist kein „faules Obst", schrie Stefanie in den Hörer. So eine Frechheit. Wer war dieser Arsch? Wie konnte sie das herausbekommen? Sie würde morgen mit der Kindergärtnerin sprechen. Er musste ja ein Vater eines anderen Kindes aus dem Kindergarten sein und Tobias kennen. Stefanie sah morgens und mittags meistens die Mütter der Kinder und kannte die Väter nicht. Sie war zu aufgewühlt um zu schlafen und lag die halbe Nacht wach im Bett. Was hatte Tobias denn Schlimmes getan? Er war doch noch ein kleiner Junge. Was war das nur für eine Welt, in der man kein Verständnis für Kinder hatte.

Am nächsten Tag bat sie Frau Wagner, die Kindergärtnerin, um ein Gespräch und sie gingen gemeinsam in ihr Büro.

„Setzen Sie sich doch bitte, Frau Reimann. Was kann ich für Sie tun?", fragte Frau Wagner. Stefanie setzte sich auf den Stuhl, der vor Frau Wagners Schreibtisch stand.

„Ich habe gestern von dem Kinderpsychologen erfahren, dass Tobias höchstwahrscheinlich Autist ist. Es müssen noch ein paar Tests gemacht werden, aber der Psychologe ist sich ziemlich sicher. Ich möchte Sie darum bitten, mit den anderen Kindern zu reden und ihnen das irgendwie zu vermitteln.", bat Stefanie die Kindergärtnerin. Frau Wagner war schon etwas älter und wirkte sehr erfahren und verständnisvoll.

„Lassen Sie uns doch erst einmal das Ergebnis abwarten und dann sehen wir weiter. Ich habe mir so etwas allerdings schon gedacht. Ich hatte schon einmal einen Autisten in der Gruppe und habe einige Parallelen gesehen. Ich wollte Sie jedoch nicht verängstigen, deshalb habe ich noch nichts gesagt. Es würde mich daher nicht überraschen, wenn er tatsächlich Autist ist. Das würde sein Verhalten erklären.", antwortete Frau Wagner ruhig.

„Ich habe gestern Abend einen Anruf von einem Mann bekommen, der meinen Sohn „faules Obst" nannte. Er meinte, dass man faules Obst aus dem Obstkorb entfernen müsse. Können Sie sich vorstellen, wer das gewesen sein könnte?", fragte Stefanie aufgebracht.

„Wie bitte?", Frau Wagner schaute sie entsetzt an. „Das darf doch wohl nicht wahr sein."

„Doch und ich muss herausfinden, wer das war!",
sagte Stefanie wütend.

„Ehrlich gesagt weiß ich nicht, wer das gewesen sein
kann und ich möchte auch niemanden beschuldigen.
Verstehen Sie mich bitte nicht falsch, ich verurteile
dieses Verhalten zutiefst. Du meine Güte... Ich kann
verstehen, dass Sie wütend sind. Sie sollten überlegen
zur Polizei zu gehen!" Frau Wagner schaute Stefanie
mitfühlend an. „Ich mag Tobias und werde ein Auge
auf ihn haben. Machen Sie sich keine Sorgen.", versuchte Frau Wagner sie zu beruhigen.

„Ich danke Ihnen, Frau Wagner. Ich werde jetzt die
Tests abwarten und Ihnen Bescheid geben. Danke für
Ihre Hilfe." Stefanie wollte das Büro verlassen.

„Es ist auf dem Dorf nicht einfach, wenn man anders
ist.....", hörte Stefanie Frau Wagner im Herausgehen
sagen.

Die Tests und das EEG bestätigten den Verdacht des Kinderpsychologen und Stefanie hatte jetzt ein Attest, dass ihr Sohn Tobias das „Asperger Syndrom" hatte.

Frau Wagner hatte mit den Kindern geredet und sie gebeten Tobias nicht zu provozieren, weil er sich dann nicht angemessen wehren konnte. Aber es gab immer wieder Vorfälle und bei Stefanie klingelte oft das Telefon, wenn aufgebrachte Eltern sich über Tobias beschwerten.

Wenn sie Tobias am Kindergarten abholte, traf sie manchmal Anette und früher quatschten sie dann noch kurz miteinander. Aber in letzter Zeit hatte es Anette immer eilig, wenn sie sich trafen. Merkwürdig, dachte sich Stefanie. War das Zufall oder wurde sie von ihr gemieden?

„Ach die Anette hat es doch immer eilig.", beruhigte Elke sie. „Sie muss bestimmt mit Sven und Nils zum Kinderschwimmen oder zum Klavierunterricht." Elke verdrehte die Augen und lachte.

Die Zwillinge wurden von ihren Eltern sehr gefördert und Stefanie hatte den Eindruck, sie würden schon mit Abitur auf die Grundschule gehen.

„Es ist trotzdem merkwürdig. Redet sie noch mit dir, Elke?", fragte Stefanie sie.

„Ehrlich gesagt, war Maximilian gestern bei ihr und hat mit den Zwillingen gespielt.", meinte Elke etwas verlegen.

„Ach so. Na ja...Tobias wird nicht gefragt. Möchtest du heute mit Maximilian zu mir kommen?"

„Sehr gerne, Stefanie", freute sich Elke und nahm Stefanie zum Abschied in den Arm.

Die Besuche von Elke mit Maximilian wurden aber mit der Zeit auch immer seltener und Stefanie war viel mit Tobias alleine. Zuhause war er sehr lieb und spielte gerne mit Lego und Playmobil. Sie setzte sich dann zu ihm ins Kinderzimmer und zeigte ihm, wie man verschiedene Gebäude aus den Bausteinen baute. Er schaute dann am liebsten nur zu und brachte Kritik an, wenn es nicht der Realität entsprach. Er war da sehr penibel und baute die Legosteine nur nach der beiliegenden Anleitung zusammen.

Frau Wagner hatte Stefanie erzählt, dass sich Tobias im Kindergarten mit Johanna angefreundet hatte. Die beiden Kinder spielten sehr gerne zusammen und sonderten sich oft von der Gruppe ab. Auch wenn Stefanie froh war, dass Tobias jemanden zum Spielen hatte, war sie nicht sehr erfreut, dass es ausgerechnet Brigittes Tochter war. Auch Brigitte schien darüber nicht erfreut zu sein, denn als Stefanie mittags zum Kindergarten kam, sprach Brigitte sie an.

„Hallo Stefanie, kann ich mal kurz mit dir reden?", fragte sie spitz.

„Um was geht es?", fragte Stefanie misstrauisch.

„Meine Johanna hat mir erzählt, dass Tobias sie ständig belästigen würde. Ich möchte dich bitten, deinem Sohn zu erklären, dass er dies unterlassen soll."

Während Brigitte sprach, hatte sich in Stefanies Magen ein Kloß gebildet. Wut, Unverständnis und unbändige Trauer füllte ihr Herz. Sie atmete tief ein und antwortete dann in einem ruhigen Ton.

„Erstens belästigt Tobias deine Johanna nicht, sondern die Beiden scheinen sich zu mögen. Ich kann mir also kaum vorstellen, dass Johanna das gesagt haben soll. Zweitens, warum sollte er das unterlassen?"

„Wir wissen doch Beide, dass dein Sohn anders ist und ich möchte nicht, dass meine Johanna angesteckt

51

wird", sprach Brigitte und schaute sie dabei todernst an.

Angesteckt? Womit? Autismus ist nicht ansteckend du blöde Kuh, dachte sich Stefanie.

„Womit sollte sich Johanna denn anstecken?" fragte sie stattdessen in einem bissigen Ton.

„Na mit den bösen Geistern natürlich", Brigitte schaute sie jetzt überheblich an. Matthäus 12,35 – Ein guter Mensch bringt Gutes hervor, weil er im Innersten gut ist. Ein schlechter Mensch kann nur Schlechtes hervorbringen, weil er im Innersten schlecht ist. - Das sind die bösen Geister!"

In dem Moment kam Johanna aus dem Kindergarten und Brigitte ging auf sie zu. Tobias kam direkt hinter ihr. Johanna drehte sich um und rief „Bis morgen Tobi" und Brigitte warf Stefanie einen bösen Blick zu.

Stefanie stand noch immer wie versteinert da, sie musste erst sacken lassen, was sie gerade gehört hatte. Tobias war ein schlechter Mensch und böse Geister waren in ihm? Was redete diese Brigitte für einen Mist? Das konnte sie doch unmöglich glauben?

Tobias stand jetzt neben ihr und nahm ihre Hand. „Was gibt es heute Mittag zu essen?", fragte er und zog an ihrer Hand. „Ich habe Hunger!"

„Pfannkuchen, mein Schatz", sagte Stefanie leise und kämpfte mit den Tränen. Diese Brigitte war der böse Mensch, nicht mein Sohn, dachte sie. Es war so unfair, wie man mit Tobias umging. Sie verspürte den Drang ihn in den Arm zu nehmen und an sich zu drücken, aber das mochte Tobias nicht mehr so gerne. Er hatte sich verändert und wollte nicht mehr so gerne angefasst werden. Sie ging mit ihm, auf Anraten des Kinderarztes, zu einer Verhaltenstherapie, er sollte das normale Sozialverhalten erlernen. Trotzdem gab es ständig Probleme mit anderen Kindern.

Aber deshalb ist er kein schlechter Mensch, dachte Stefanie wütend und ging mit Tobias nach Hause. Nachmittags rief sie Elke an.

„Hi Stefanie, schön dass du anrufst. Wie geht es dir?", fragte Elke fröhlich.

Stefanie erzählte ihr, was Brigitte zu ihr gesagt hatte und fing an zu weinen.

„Nimm dir das nicht so zu Herzen, Stefanie. Brigitte ist die, die anders ist. Sie hat noch nicht kapiert, dass wir jetzt im 21. Jahrhundert leben. Sie zitiert ständig irgendwelche Bibelsprüche und ich habe gehört, sie ist auf den Pfarrer scharf." Elke hatte den letzten Satz verschwörerisch geflüstert und lachte danach laut auf. "Die hat sie doch nicht alle."

„Aber es tut weh, wenn jemand so über meinen Sohn spricht", sagte Stefanie leise.

„Das glaube ich dir.", antwortete Elke sanft. „Menschen können so gemein sein."

Tobias und Johanna spielten trotzdem täglich im Kindergarten miteinander und als sie in die Grundschule kamen, wollten sie auch nebeneinander sitzen.

Die Schulveranstaltungen waren die Hölle für Stefanie, weil sich immer irgendwelche Eltern über Tobias beschwerten.

„Stefanie, kannst du bitte deinem Sohn erklären, was ein Wichser ist und redet ihr so Zuhause?" Anette schaute sie dabei sehr ernst an. Sie hatte bewusst etwas zu laut gesprochen und nun schauten alle Stefanie an.

„Du weißt genau, dass wir Zuhause nicht so reden! Und diese Ausdrücke hat er garantiert nicht von mir!", konterte Stefanie und fühlte sich vorgeführt. Es waren solche Momente, die ihr extrem unangenehm waren und am liebsten wäre sie sofort nach Hause gegangen, aber die Kinder hatten ein Krippenspiel einstudiert und Tobias spielte den Ochsen.

War klar, hatte sich Stefanie gedacht, als Tobias ihr das erzählt hatte. Aber Tobias war froh darüber, weil er nicht gerne vor Anderen redete. So konnte er nur auf der Bühne stehen und die Aufmerksamkeit richtete sich nicht auf ihn.

Stefanie brauchte etwas frische Luft, deshalb verließ sie die Aula und ging vor die Tür der Schule. Nach ein paar Minuten gesellte sich Jürgen zu ihr und steckte sich eine Zigarette an. Er betrachtete sie von der Seite und Stefanie hatte so gar keine Lust sich mit ihm zu unterhalten. Zu groß war gerade ihre Wut.

„Schön Sie wiederzusehen.", sprach er sie an.

„Lässt sich ja auf solchen Veranstaltungen nicht vermeiden.", gab Stefanie genervt zurück.

„Ich mag die auch nicht besonders, aber wenn man so hübsche Frauen trifft schon.", sagte Jürgen grinsend.

Boah, lass mich in Ruhe, dachte sich Stefanie und überlegte, was nun schlimmer war - Drinnen mit den

Hyänen oder hier draußen mit dem Möchtegern-Casanova.

„Ich gehe mal wieder rein, sonst dichtet man uns noch eine Affäre an…", sagte Stefanie und schaute Jürgen mit hochgezogener Augenbraue an.

„Ein netter Gedanke…", antwortete Jürgen und lächelte sie lüstern an. Stefanie verdrehte die Augen und ging wieder in die Schule zurück.

Oft kam Tobias mit zerrissener Jacke nach Hause oder seine Hose war nass. Seine Hefte waren verschwunden und seine Schreibutensilien auch. Stefanie war sehr oft bei der Lehrerin, aber sie beteuerte Stefanie immer, dass Tobias die anderen Schüler ärgern würde. Stefanie aber wusste, dass es nicht so war. Die anderen Schüler waren einfach gerissener und provozierten Tobias so, dass es die Lehrerin nicht bemerkte. Sie wussten, dass er den Ärger bekam, wenn er sich wehren würde. Und so war es dann auch. Tobias bekam Strafarbeiten auf und musste 100 Mal schreiben „Ich darf meine Mitschüler nicht ärgern". Allen voran waren es die Zwillinge Sven und Nils, die Tobias provozierten.

Stefanie hatte schon versucht mit Anette darüber zu sprechen, aber die legte die Hände für ihre Söhne ins Feuer.

„Stefanie, das kann nicht sein. Ich kenne meine Jungs und sie sind sehr diszipliniert. Sie müssen sich morgens alleine fertig machen, weil Michael und ich schon um sieben Uhr das Haus verlassen müssen, damit wir um acht Uhr im Büro sind. Sie sind es gewohnt alleine zu frühstücken und sie machen auch ihre Schularbeiten nach der Schule selbständig. Nein, meine Jungs würden Tobias nicht provozieren. Warum sollten sie das tun?", fragte sie Anette herablassend.

„Weil sie Spaß daran haben?", fragte Stefanie sie gerade heraus.

„MEINE Jungs sind nicht böse!"

Stefanie hatte den Unterton verstanden.

„Ach, aber Tobias schon?", fragte Stefanie angriffslustig und schaute ihr dabei in die Augen.

„So habe ich das nicht gemeint!", versuchte sich Anette aus der Situation zu winden. „Aber er ist schon etwas merkwürdig."

„Er ist Autist, Anette! Er kann nichts dafür!" Stefanie spürte, dass sie auch bei Anette kein Verständnis bekam und wandte sich ab zum Gehen.

„Vielleicht wäre eine Einrichtung das Beste für ihn...", rief ihr Anette hinterher.

Stefanie drehte sich um. „Ach du meinst, man müsste ihn wegsperren?" Stefanies Augen funkelten jetzt böse.

Anette zuckte mit den Achseln und schaute sie mitleidig lächelnd an. „Wenn es ihm hilft...."

„Ihm oder euch?", antwortete Stefanie bissig, drehte sich um und ging nach Hause.

Sie konnte nicht begreifen, wie sich ihr Leben verändert hatte. In ihrem Heimatort, in dem sie glücklich aufgewachsen war, fühlte sie sich jetzt wie eine Aussätzige. Das Verhalten ihres Sohnes wurde nicht akzeptiert, auch wenn es durch seine Erkrankung kam. Die Menschen fühlten sich bedroht und wollten Tobias am liebsten weg haben. Das machte Stefanie traurig, aber auch sehr wütend.

Ihr macht uns nicht fertig, dachte sich Stefanie und ging mit erhobenem Kopf nach Hause.

6

Stefanie kannte ihren Nachbarn nur vom Sehen, wenn sie sich zufällig vor der Tür trafen. Sie wusste nicht viel über ihn, nur dass er Steuerberater und geschieden war. Er war ein großer und gutaussehender Mann, Anfang 40, lebte mit seinem Golden Retriever in seinem Fachwerkhaus, hatte im unteren Teil des Hauses ein Steuerberaterbüro und fuhr ein Audi Cabrio.

Eines Tages klingelte es an Stefanies Tür und der Nachbar stand da.

„Hallo Frau Reimann, darf ich Sie mal kurz stören?"

„Aber sicher Herr Schiffer, kommen Sie doch bitte herein.", antwortete Stefanie überrascht.

Stefanie führte ihn ins Wohnzimmer und bat ihn sich zu setzen. Stefanie hatte lange keinen Besuch mehr gehabt und freute sich darüber.

„Kann ich Ihnen etwas zu trinken anbieten?", fragte sie ihn lächelnd.

„Ja gerne, ein Kaffee wäre nicht schlecht. Obwohl ich zu viel Kaffee trinke. In meinem Business erträgt man den Stress nur mit viel Kaffee." Herr Schiffer lächelte zurück und Stefanie stellte fest, dass er ein smartes Lächeln hatte.

Stefanie brachte ihm einen Kaffee aus dem Kaffee-vollautomaten und setzte sich zu ihm.

„Ich will nicht lange um den heißen Brei herum reden." Stefanie zuckte zusammen. Was hatte Tobias jetzt gemacht?

"Ich habe gehört, dass sie bei einem Steuerberater gearbeitet haben, bevor sie Mutter wurden. Stimmt das?"

Ach so… Stefanie atmete erleichtert auf. „Ja, das stimmt. Wieso fragen Sie?"

„Ich bräuchte dringend Unterstützung, da ich in letzter Zeit auch viel reisen muss. Könnten Sie sich vorstellen, halbtags bei mir zu arbeiten? Ihr Sohn ist doch vormittags in der Schule, richtig?"

Stefanie war überrascht, was er alles von ihr wusste. Sie ging seit Tobias Geburt nicht mehr arbeiten und hatte es finanziell auch nicht nötig. Matthias zahlte regelmäßig Unterhalt für sie und Tobias und das Haus war ja geerbt. Sie hatte noch nie darüber nachgedacht, wann sie zurück ins Berufsleben starten wollte und durch Tobias Krankheit hatte sie sich mehr und mehr zurückgezogen. Vielleicht wäre das genau das Richtige für sie.

„Wann soll ich anfangen?", sagte Stefanie deshalb strahlend.

„Oh, Sie müssen gar nicht darüber nachdenken? Wunderbar. Das freut mich sehr. Aber wir haben noch gar nicht über das Finanzielle gesprochen."

„Das macht nichts. Es geht mir nicht ums Geld. Ich bin davon überzeugt, dass mir die Arbeit gut tun wird. Und wir werden uns sicher einig werden, was das Finanzielle betrifft.", erwiderte Stefanie selbstbewusst und freute sich auf die neue Aufgabe. Vor Tobias Geburt war sie sehr gut in ihrem Job gewesen. Ihr Chef konnte sich immer auf sie verlassen und sie war seine rechte Hand im Büro gewesen. Er war damals sehr traurig, dass Stefanie Köln und sein Team verlassen hatte und er wusste, dass sie nie mehr zurückkommen würde.

„Wenn Sie möchten und können, dann wäre morgen ideal.", sagte Herr Schiffer und strahlte jetzt auch.

Stefanie spürte ein Kribbeln in einer Gegend, in der sie schon lange nichts mehr gespürt hatte.

„Ja prima, dann bin ich morgen bei Ihnen.", antworte-te Stefanie und lächelte zurück. Schmachte ihn nicht so an, dachte sie sich und versuchte locker zu wirken. Dabei war sie alles andere als locker. Es war Jahre her, dass Stefanie Sex hatte und dieser Mann hatte ein Lä-cheln, das die Erinnerungen an Sex wieder zum Vor-schein brachte. Er sieht aber auch gut aus, ging es ihr durch den Kopf. Sie musste herausfinden, ob er eine Freundin hatte...

Herr Schiffer stand auf und ging zur Tür.

„Ich freue mich wirklich sehr auf die Zusammenar-beit". Er streckte ihr die Hand zum Abschied entge-gen und als sie seine Hand nahm, fühlte sie wieder dieses Kribbeln. Lächelnd verließ er ihr Haus und Ste-fanie schaute ihm beim Rausgehen auf seinen knacki-gen Hintern.

Puh...das kann ja heiter werden, dachte sich Stefanie und grinste.

7

Durch die Finanzkrise in 2008 hatten viele Menschen
ihre Ersparnisse verloren, weil sie vorher ihr gesamtes
Vermögen in riskante Finanzpapiere investiert hatten.
Andreas hatte allen hohe Renditen versprochen und
nun hatten sie fast alles verloren. Viele hatten sogar
Kredite dafür aufgenommen, weil Andreas ihnen dazu
geraten hatte. Er verdiente doppelt daran und seine
Überzeugungskraft war sehr groß. Für die Finanzkrise
konnte er nichts und so hatte sein Ansehen zwar etwas
gelitten, aber das schmälerte nicht sein Ego. Er hatte
die Situation wieder für sich genutzt und mit Krediten
geholfen. Viele überschuldeten sich und mussten die
Häuser verkaufen. Auch da konnte er immer helfen
und hatte direkt einen Interessenten für das Objekt.
Die Verkäufer waren froh, wenn sie schnell ihre
Schulden los wurden und verkauften meist zu einem
viel zu günstigen Preis. Der Käufer war eine Immobi-
lienfirma, die schon einige Objekte in dem Ort gekauft
hatte. Nach dem Kauf wurden die meisten Häuser
abgerissen und Mehrfamilienhäuser gebaut. Ein lukra-
tives Geschäft...

Stefanie arbeitete jetzt schon ein paar Monate für Herrn Schiffer und die Arbeit machte ihr sehr viel Spaß. Sie flirteten auch heftig miteinander, aber mehr wollte Stefanie noch nicht. Er hatte keine Freundin, aber er machte all seinen Klientinnen schöne Augen und Stefanie wusste noch nicht, was sie von ihm halten sollte. Sie würde gerne mit ihm ins Bett gehen, keine Frage, aber sie wohnten nebeneinander und sie arbeitete für ihn. Ganz schlechte Voraussetzungen.

Never fuck in factory!

Das war immer ihr Wahlspruch gewesen. Wenn er nur nicht so appetitlich wäre...

Sie bearbeitete nun die Steuererklärungen für viele Bürger von Engelau und bei einigen war sie sehr erstaunt, welches Vermögen sie hatten. Andreas Schneider zum Beispiel bekam zusätzlich zu seinem opulenten Gehalt bei der Bank auch noch sehr hohe Nebeneinkünfte als Gesellschafter einer GmbH. Stefanie war neugierig, was das für eine GmbH war. Sie öffnete an ihrem PC den Browser und gab den Namen in der Suchmaschine ein. Ihr wurde die Webseite dieser Immobiliengesellschaft gezeigt und den Namen hatte sie schon mal irgendwo gelesen. Ob Elke das wusste? Sie kümmerte sich offensichtlich überhaupt nicht um die Finanzen und vertraute Andreas blind. Das käme für Stefanie

nie in Frage, dafür war sie durch ihren Beruf zu geprägt. Es gab so viele Steuerhinterzieher und Betrüger, sie würde immer einen Blick auf die Finanzen haben, wenn sie in einer Beziehung wäre, das hatte sie auch mit Matthias so gehandhabt. Im Moment war sie dabei wieder auf eigene Beine zu kommen und das fühlte sich gut an.

Als sie sich mal wieder nachmittags mit Elke auf einen Kaffee traf, Maximilian spielte oben mit Tobias am Computer, war Stefanies Neugierde zu groß.

„Vertraust du Andreas eigentlich?", fragte sie Elke geradeheraus.

„Was meinst du? Ob er mir fremdgeht? So ein toller Hecht ist er ja nun auch nicht!", lachte Elke auf.

„Nein, das meine ich nicht. Ich meine finanziell."

„Also wenn ich ihm als Banker nicht vertrauen kann, wem dann?", fragte Elke erstaunt. „Warum fragst du?"

Stefanie musste vorsichtig sein, um sich nicht zu verplappern.

„Ach nur so… Ich meine, viele Frauen vertrauen ja ihren Männern und wissen nichts über die eigenen Finanzen", Stefanie versuchte ganz normal zu klingen.

„Nun ja, ich sehe ja seine Gehaltsabrechnungen, die er mir immer ganz stolz vor die Nase hält. Da werde ich manchmal ganz schön neidisch. Aber er ist ja auch großzügig und gibt mir ein sehr gutes Haushaltsgeld. Ich kann mich wirklich nicht beklagen. Und wenn ich etwas brauche oder mir etwas Schönes kaufen will, dann brauche ich ihn nur zu fragen und er gibt mir das Geld. Okay, manchmal fragt er mich, ob das wirklich sein muss, aber wenn ich ihn dann lieb bitte, dann bekomme ich es meist. Oder ich schlafe mit ihm."
Elke war bei dem letzten Satz rot geworden und Stefanie sah, dass auch Elke merkte, dass da etwas nicht stimmte.

„Du bekommst Haushaltsgeld? Echt jetzt? Das heißt, du weißt nicht, was ihr so auf der Bank liegen habt? Und das stört dich nicht?" Stefanie war fassungslos, dass es in ihrer Generation noch Frauen gab, die Haushaltsgeld bekamen. So etwas kannte sie nur von ihrer Mutter, die nicht berufstätig gewesen war.

„Nein, das stört mich nicht. Wirklich nicht. Es ist okay so..." Elke klang nicht sehr überzeugend. „Andreas möchte das so und ich möchte keinen Streit mit ihm haben. Er regt sich schnell auf und dann geht man ihm besser aus dem Weg."

„Wie bitte? Tut er dir sonst weh?" Stefanie sah Elke jetzt ernst an.

„Er meint das nicht so, wirklich nicht!" beschwichtigte Elke sie. „Es kommt auch nicht oft vor. Nur, wenn wir ihn so aufregen."

Stefanie schaute Elke jetzt mitfühlend an. Sie hatte nie verstanden, wie eine Frau wie Elke bei so einem Mann bleiben konnte. Sie hatte wahrscheinlich nicht den Mut diesen Mann zu verlassen. Er hatte sie so klein gemacht, in all den Jahren, hatte sie an Haus und Herd gefesselt, obwohl sie ihm wahrscheinlich intellektuell weit überlegen war.

„Hast du mal darüber nachgedacht ihn zu verlassen?", fragte Stefanie vorsichtig.

„Doch, aber was soll ich dann machen? Wovon soll ich leben? Er hat gesagt, dass ich keinen Cent bekommen würde und das glaube ich ihm auch. Er kennt doch alle wichtigen Leute. Er würde es so drehen, dass ich mittellos da stehe. Und ich bin seit mindestens 13 Jahren nicht mehr arbeiten gegangen. Wer würde mich einstellen?" Elke wirkte jetzt sehr niedergeschlagen und Stefanie überlegte, wie sie ihrer Freundin helfen könnte.

„Es geht mir gut", sagte Elke, die Stefanies Blick sah und lächelte. Sie wirkte plötzlich wieder ganz fröhlich, aber Stefanie sah die Traurigkeit hinter ihrer Fassade.

Sie hätte ihr jetzt am liebsten gesagt, dass sie so Einiges über ihren Mann wusste, aber sie wollte erst noch mehr über ihn herausfinden. Dann würde sie ihrer Freundin vielleicht helfen können. Sie brauchte noch etwas Zeit...

8

Tobias Noten waren nie sehr gut gewesen. Er konnte sich schlecht konzentrieren und meistens galt seine Aufmerksamkeit anderen Dingen, als dem Lehrstoff. Viele Sachen interessierten ihn einfach nicht und er hatte keine Lust zuzuhören. Da waren die Traktoren, die draußen fuhren viel interessanter und er musste sehen, wohin sie fuhren. Er kannte alle Marken und wusste, wofür die verschiedenen Werkzeuge und Anhänger benötigt wurden. Diese großen Maschinen faszinierten ihn und er redete von nichts anderem. Es war schwer ihm begreiflich zu machen, dass er für die Schule üben musste und dass gute Noten wichtig waren. Stefanie versuchte es mit einem Belohnungssystem, aber das half nur bedingt. Während der Tests war seine Aufmerksamkeit oft nicht vorhanden und so bekam er schlechte Noten. Aufgrund dieser Noten bekam er dann auch nur eine Hauptschulempfehlung, obwohl seine Intelligenz für mehr gereicht hätte.

Auf der Hauptschule, die 12 Kilometer entfernt war, kam er mit den Mitschülern überhaupt nicht zurecht und wollte morgens nicht zur Schule gehen oder hatte plötzlich in der Schule Bauchschmerzen. Stefanie wurde dann angerufen und sollte ihn abholen. Thorsten ließ sie zwar gehen, aber war nicht begeistert darüber. Ein paar Mal konnte sie ihn nicht abholen, weil sie eilige Terminsachen bearbeiten musste und Tobias blieb im Sozialraum der Schule. Dann lief er immer öfter einfach von der Schule weg. Er war dann mittags Zuhause aufgetaucht und als sie ihn fragte, wo er denn nur gewesen sei, hatte er ihr geantwortet, dass er im Wald eine Höhle gefunden und dort Ruhe hätte. Er konnte die vielen Menschen in der Schule und auf dem Pausenhof nicht ertragen. Es gab natürlich Ärger in der Schule und Stefanie musste oft zum Klassenlehrer kommen. Sie versuchte ihm zu erklären, wo die Ursache des Problems läge, aber man konnte ihr und Tobias nicht helfen. Besser, man wollte ihm nicht helfen.

Tobias hatte an dieser Schule keine Freunde, im Gegenteil. Dort wurde er noch viel mehr gemobbt und man machte sich einen Spaß daraus, ihn schon vor der Schule zu drangsalieren. Sie hielten ihn fest oder schubsten ihn zu Boden. Sie nahmen ihm seine Sachen weg und warfen sie in den Müll. Es machte ihnen Spaß ihn zu quälen.

Johanna war auch auf der Schule, sie war auch keine gute Schülerin, auch wenn Brigitte jeden Tag mit ihr übte. Tobias erzählte, dass Johanna kein Essen bekam, wenn sie mit einer schlechten Note nach Hause kam. Das half allerdings wenig, ihre Noten wurden dadurch auch nicht besser. Sie hielt immer noch zu Tobias und half ihm so gut es ging. Sie prügelte sich auch mit den anderen Jungs, wenn sie ihn wieder ärgerten und sie ging mit ihm in seine Höhle im Wald. Tobias war vernarrt in Johanna und Stefanie beobachtete das mit Skepsis.

Wenn Johanna die Schule schwänzte, rief Brigitte bei Stefanie an und hielt ihr wieder eine Predigt, dass Tobias ein schlechter Einfluss und ein Sünder sei. Deshalb wäre er auch behindert. Aber das wäre ja auch kein Wunder bei dieser Mutter.

„Wie meinst du das Brigitte?", fragte Stefanie sie daraufhin spitz.

„Na, du kommst doch ständig aus dem Haus nebenan. Da läuft doch bestimmt was zwischen dir und dem Herrn Schiffer. Wer weiß wie lange das schon geht. Wahrscheinlich hat dein Mann dich deshalb verlassen. Jaja, „Wenn sie keine Gnade in seinen Augen findet, weil er etwas Anstößiges an ihr gefunden hat." Fünftes Buch Moses..."

„Ach du hast doch eine Schraube locker!", sagte Stefanie erbost und drückte Brigitte weg. Sie war jetzt so aufgebracht über diese bösartige Brigitte, dass sie in ihrem Wohnzimmer auf und ab ging. Dieses dumme Getratsche in einem kleinen Ort. In Köln würde es niemand bemerken, wenn sie aus irgendeinem Haus käme. Da würde sich kein Mensch daran stören. Sie sehnte sich immer öfter nach der Anonymität der Großstadt. Warum war sie nur in dieses Kaff gezogen?

Stefanie hatte mittlerweile heraus bekommen, dass Elkes Mann Gesellschafter dieser Immobiliengesellschaft war, die all die Häuser im Dorf kaufte und abreißen ließ. Überall waren neue Mehrfamilienhäuser entstanden und Andreas verdiente ordentlich daran. Und natürlich waren die Einnahmen in seiner Steuererklärung nicht alles, was er einnahm. Da lief noch viel schwarz, hatte ihr Thorsten bei einem Glas Wein erzählt. Sie waren jetzt beim Du, der Herr Schiffer und sie und sie waren schon öfters Essen gegangen. Wahrscheinlich wusste schon der ganze Ort, dass sie ein Paar waren, obwohl sie nur die Mahlzeiten zusammen eingenommen hatten. Sie hatte Thorsten sehr gern und sie Beide waren Freunde geworden. Gerne hätte sie mehr als nur Freundschaft mit ihm gehabt, aber sie war wohl noch nicht so weit.

„Sag mal Thorsten, kennst du den Andreas gut?", fragte Stefanie, als sie mit Thorsten beim Italiener um die Ecke saß.

„Ich bin mit ihm zur Schule gegangen, warum fragst du?", erwiderte Thorsten und fädelte gekonnt die Spaghetti auf, die vor ihm auf dem Teller lagen.

„Findest du es nicht auch schlimm, wie er sich auf den Kosten der Anderen bereichert? Und wie er mit seiner Frau umgeht?", bohrte Stefanie vorsichtig nach, während sie ein Stück von ihrer Thunfischpizza abschnitt und sich in den Mund steckte.

„Das geht mich nichts an. Aber er weiß wie man reich wird. Er hat mir mal bei einem Bier gesagt, dass er ausgesorgt und auch ein Konto in der Schweiz hat. Aber das hast du nicht von mir!", sagte Thorsten augenzwinkernd und lächelte sie an.

Oh, dieses Lächeln, dachte sich Stefanie.

„In der Schweiz? Oha! Na davon weiß Elke ganz sicher nichts.", sagte Stefanie überrascht und nahm noch einen Schluck von ihrem Rotwein.

Thorsten beugte sich zu ihr vor und flüsterte: „Sie weiß bestimmt auch nichts von seinen heimlichen Vorlieben." Dabei grinste er breit und zog eine Augenbraue hoch.

„Was für heimliche Vorlieben?", fragte Stefanie neugierig und beugte sich nun auch vor.

„Na, der steht auf SM. Er geht regelmäßig zu einer Domina in Euskirchen. Der steht auf Schläge und Erniedrigung. In der Bank und Zuhause mimt er den Harten und sexuell braucht er Züchtigung." Thorsten hatte ein fieses Grinsen im Gesicht, als er davon erzählte und Stefanie fand ihn plötzlich nicht mehr so sexy. „Und nicht nur er…"

„Wer denn noch?", wollte Stefanie wissen.

„Der Robert… Der ist auch ab und zu dahin gefahren. Ich glaube nicht, dass Heike das weiß…"

„Und das hat er dir erzählt?", fragte sie ungläubig.

„Oh ja, als er einen zu viel gepichert hatte. Dann werden Männer redselig… Ich habe auch schon drei Gläser Wein getrunken und ich muss dir jetzt sagen, dass du wunderschöne blaue Augen hast, Stefanie. Sie sind mir sofort aufgefallen. Ich könnte darin versinken…"

„Oh…", sagte Stefanie nur und spürte, dass das Gespräch ihr jetzt unangenehm wurde und sie nach Hause wollte. Sie stellte den Teller mit der halben Pizza beiseite, leerte ihr Weinglas und holte ihr Portemonnaie hervor. Sie legte 30 Euro auf den Tisch und stand auf.

„Was ist los, du willst schon gehen? Es ist erst 21 Uhr… Und du hast ja noch gar nicht aufgegessen."

„Ich bin plötzlich sehr müde. Wir sehen uns ja morgen früh. Gute Nacht Thorsten.", sagte Stefanie und verließ das Lokal. Sie fühlte sich plötzlich unwohl und hatte außerdem den Drang noch ein bisschen im Internet zu recherchieren. Robert hatte sich eventuell nicht nur wegen der Insolvenz umgebracht. Vielleicht hatte Andreas damit gedroht, es öffentlich zu machen, dass er zu einer Domina gegangen ist. Das würde einiges erklären…

Stefanie saß auf ihrem Bett und hatte den Laptop auf ihrem Schoß. „Domina Euskirchen" gab sie in der Suchmaschine ein. Du meine Güte, da kamen einige in Frage. Dass es so viele Dominas alleine in Euskirchen gab, hatte sie nicht vermutet. Sie hätte ja zu gerne Mäuschen gespielt und diesen Andreas dabei beobachtet, wie er sich erniedrigen lässt und sie ihn herum kommandiert. Dabei fiel ihr der erste Besuch in der

Bank ein, als Andreas seine Kollegin zur Schnecke gemacht hatte. Wer hätte das gedacht, dass es ihn antörnte, wenn er so zur Schnecke gemacht wurde...

Mäuschen spielen...Sie musste herausfinden zu welcher Domina er ging. Dieser Gedanke ließ sie nicht mehr los. Vielleicht könnte sie das gegen ihn verwenden. Ob Thorsten das auch wusste? Eigentlich fand sie Thorsten seit eben nicht mehr so anziehend, aber er war anscheinend der Einzige, der ihr diese Frage beantworten konnte. Sie ging ins Kinderzimmer und schaute, ob Tobias schlief. Er lag friedlich in seinem Bett und schnarchte leise vor sich hin. Sie zog sich die Schuhe wieder an und zog die Haustür leise zu. Nebenan war noch Licht in der Küche. Sie klingelte und nach einem Moment öffnete ihr Thorsten die Tür.

„Oh, damit habe ich nicht gerechnet. Komm doch rein." Thorstens Augen leuchteten auf, als er Stefanie sah.

„Ich hoffe, ich störe nicht...", säuselte Stefanie leise und schaute ihn verführerisch mit leicht gesenktem Kopf an, während sie an ihm vorbei ins Haus ging.

„Du kannst mich gar nicht stören", sagte Thorsten etwas kurzatmig und wirkte leicht nervös. „Setzt dich bitte. Möchtest du auch noch ein Glas Wein haben?"

„Ja gerne", säuselte Stefanie erneut und lächelte ihn an. Offensichtlich war er ihr nicht böse, wegen vorhin...

Er holte ein zweites Glas und schenkte ihr von dem Wein ein, der schon auf dem Couchtisch stand.

„Ich habe mir gerade auch ein Glas eingeschenkt. Zum Wohl..." Er hob sein Glas und schaute ihr dabei tief in die Augen. Sie nahm auch einen Schluck Wein und stellte das Glas wieder hin.

„Entschuldige bitte, dass ich eben so kurz angebunden war. Ich wusste nicht, wie ich mit der Situation umgehen soll. Du bist doch mein Chef."

Thorsten kam ein Stück näher und saß jetzt dicht neben ihr. „Aber ich bin auch ein Mann und ich muss gestehen, dass ich mir schon öfters vorgestellt habe, dass du nicht nur meine Mitarbeiterin bist. Ich finde dich wahnsinnig sexy." Er war mit seinem Gesicht immer näher an Stefanies Gesicht gekommen und sie konnte sein Aftershave riechen. Es roch sehr angenehm und da war es wieder – dieses Kribbeln...

Der Zweck heiligt die Mittel - für Elke!, sagte sich Stefanie und küsste Thorsten auf den Mund. Er erwiderte den Kuss und zog Stefanie an sich. Der Kuss war sehr leidenschaftlich und Stefanie spürte wie ihr Körper Feuer fing. Sie hatte schon viele Jahre nicht mehr geküsst und spürte, wie die Lust von ihr Besitz ergriff. Sie ließ es zu, dass Thorsten mit seiner Hand unter ihren Pullover glitt und ihre Brust streichelte. Stefanie stöhnte auf bei seinen Berührungen und das stachelte Thorsten an weiter zu gehen. Er öffnete den Knopf ihrer Jeans und seine Hand glitt in ihren Slip. Seine Finger fanden sofort die richtige Stelle und gekonnt brachte er Stefanie innerhalb weniger Minuten zum Orgasmus.

„Puuuh, das kannst du aber gut!", stellte Stefanie, noch ganz außer Atem, fest. Sie war selbst überrascht, wie schnell er das geschafft hatte.

„Gelernt ist gelernt…", antwortete Thorsten grinsend, mit einem leicht arroganten Gesichtsausdruck.

Das kann ich mir denken, dachte sich Stefanie und war sich sicher, dass er wahrscheinlich sehr viele Frauen beglückt hatte. Er war geschäftlich oft unterwegs und verbrachte viele Nächte in irgendwelchen Hotels. Da ergab sich bestimmt die eine oder andere Gelegenheit.

„Damit könntest du dich selbständig machen… Ich kenne viele Frauen, die dich buchen würden.", stellte Stefanie wohlwollend fest.

Thorsten lachte auf. „Oh... Danke für das Kompliment."

„Stimmt doch, ihr Männer könnt zu einer Prostituierten oder Domina gehen und wir Frauen gucken in die Röhre.", sagte Stefanie grinsend.

„Ich würde weder zu der Einen noch zu der Anderen gehen. Ich bezahle nicht für Sex!", sagte Thorsten herablassend.

„Und wenn du auch besondere Vorlieben hättest? So wie der Andreas?", bohrte Stefanie nach.

„Dann wüsste ich ja, wo ich hingehen könnte!", konterte Thorsten grinsend.

„Wie heißt eigentlich diese Domina?", wollte Stefanie wissen.

Thorsten dachte kurz nach. „Lady Morena oder so… Warum fragst du?" Thorsten schaute sie etwas irritiert an.

„Och, nur so. Ich kenne keine Domina und mich hat nur interessiert, wie sich solche Frauen nennen."

„Sollen wir nach oben gehen? Die Nacht ist noch jung." Thorsten stand auf und wollte ihre Hand nehmen.

„Würde ich sehr gerne Thorsten, aber ich muss nach Hause. Tobias ist alleine." Stefanie stand auf und zog sich ihre Jeans wieder an. Sie flüsterte ihm ins Ohr „Aber wir sehen uns ja in ein paar Stunden wieder…" und küsste ihn noch einmal leidenschaftlich.

Thorsten begleitete sie zur Tür und zog sie nochmal an sich. „Ich lasse dich nur ungern gehen…"

„Ich weiß. Aber ich muss nach Hause, verzeih bitte." Stefanie musste sich das Grinsen verkneifen, weil Thorsten richtig enttäuscht aussah. Das passierte ihm wohl auch nicht oft…

Zuhause schaute Stefanie als erstes, ob Tobias noch schlief. Sie ließ ihn normalerweise nicht alleine und war froh zu sehen, dass er noch tief und fest im Reich der Träume war. Sie ging in ihr Schlafzimmer, zog sich ihren Pyjama an und kuschelte sich in ihr Bettzeug. Der Geruch von Thorstens Aftershave haftete noch an ihrem Gesicht und sie atmete den Männerduft tief ein. Mit geschlossenen Augen dachte sie über das gerade Erlebte nach und plötzlich sah sie Matthias Gesicht. Sie hatte lange nicht an ihn gedacht und gerade jetzt wollte sie auch nicht an ihn denken. Schließlich hatte er sie verlassen, sie brauchte kein schlechtes Gewissen zu haben! Sie konnte tun und lassen, was sie wollte und Sex haben, mit wem sie wollte. Sie öffnete schnell die Augen und schnappte sich den Laptop. Als sie in der Suchmaschine „Lady Morena Euskirchen" eingab, sah sie sofort den Eintrag

„Lady Morena erzieht dich von soft bis streng"

Sie öffnete den Link und sah Fotos von einer Frau in einem hautengen Catsuit aus schwarzem Lack, mit einer Peitsche in der Hand. Ihre langen schwarzen Haare hatte sie streng zu einem Zopf gebunden und ihr Blick erinnerte sie an ihre Grundschullehrerin. Die war allerdings nicht so sexy angezogen gewesen. Die Fotos zeigten auch einen Raum mit Andreaskreuz, einem Holzstuhl, ähnlich wie ein Thron, mit einem Loch in der Sitzfläche und vielen Peitschen und Gerten an der Wand. Stefanie hatte so etwas noch nie gesehen und schaute sich die Internetseite neugierig an. Dort war die Handynummer dieser Lady Morena vermerkt, aber was sollte sie dieser Frau sagen?

„Können Sie mir sagen, ob ein Andreas Schneider zu Ihnen kommt?" Diese Informationen dürfte und würde sie niemals herausgeben. Nein, sie musste einen anderen Weg finden. Da sah sie den Hinweis „Passive

Dame für ein Wochenende im Monat gesucht" Stefanie sah zum Fenster raus. Wäre sie in der Lage, mit einem wildfremden Menschen Sex zu haben? Wollte sie so weit gehen? Wollte sie nur Elke helfen oder ging es ihr um mehr? Sie verachtete Andreas und wollte ihn für all seine Taten büßen lassen. Aber, wenn sie ehrlich zu sich selbst war, fand sie das alles auch sehr aufregend.

Sie nahm ihr Handy und speicherte die Handynummer unter „Morena" ab. Ich schlafe mal eine Nacht darüber und dann sehen wir weiter, sagte sie zu sich selbst und schaltete den Laptop aus. Jetzt wollte sie erst einmal schlafen.

9

Tobias saß in seiner Höhle und spielte ein Spiel an
seinem Handy. Er hatte in der ersten großen Pause
wieder Streit mit zwei Mitschülern gehabt, die ihm sein
Handy stehlen wollten. Er hatte daraufhin dem einen
Mitschüler vor das Schienbein getreten, woraufhin der
zur Pausenaufsicht gerannt war. Natürlich hatte die
Lehrerin ihm nicht geglaubt und ihm Nachsitzen auf-
gebrummt. Daraufhin packte er seine Tasche und ver-
schwand heimlich vom Schulgelände. Er liebte es
durch die Felder und Wälder zu laufen, hier war es so
herrlich still und er hörte nur die Vögel zwitschern.
Der Lärm auf dem Schulhof war für ihn kaum zu ertragen und die vielen Stimmen bereiteten ihm Kopfschmerzen. Nach 30 Minuten hatte er die Höhle er-
reicht und hier fühlte er sich sicher und ungestört. Der
einzige Mensch, der diesen Ort kannte war Johanna,
aber sie hatte in letzter Zeit viel Stress wegen ihm Zuhause gehabt. Deshalb kam sie nur noch selten nach
der Schule in sein Geheimversteck.

Jetzt saß er still auf einem kleinen Felsen, eine Decke
auf den Schultern, denn es war trotz der Frühlings-
temperaturen kühl in der Höhle und spielte an seinem

Handy. Er vergaß dabei die Zeit, so vertieft war er in sein Spiel, als sein Handy klingelte.

„Ich bin`s, Jo.", hörte er Johannas Stimme.

„Hi Jo, wo bist du?", fragte Tobias nach.

„Ich bin auf dem Weg nach Hause. Frau Schmitz ist wieder ausgeflippt, weil du verschwunden bist" lachte Johanna böse. „Ich wäre zu gerne mitgekommen, aber meine Mutter keift dann wieder herum und lässt mich seitenweise aus der Bibel abschreiben. Ich ertrage das nicht mehr, Tobi." Johannas Stimme war bei dem letzten Satz sehr ernst geworden. „Lass uns irgendwohin abhauen."

„Gute Idee Jo. Aber meine Mutter würde krank werden vor Sorge. Das kann ich ihr nicht antun.", erwiderte Tobias bedauernd. Er liebte seine Mutter und wollte ihr nicht weh tun.

„Du hast ja auch eine nette Mutter, im Gegensatz zu meiner.", seufzte Johanna. „Gehst du heute Nachmittag mit zu Sven und Nils? Die Beiden haben Geburtstag und haben mich eingeladen. Du darfst bestimmt auch kommen. Lass mich nicht alleine dorthin gehen, Tobi!", flehte Johanna und sie wusste, dass er ihr keinen Wunsch abschlagen konnte.

Tobias atmete tief ein. An die Beiden hatte er keine guten Erinnerungen, aber mittlerweile waren vier Jahre vergangen. Vielleicht waren sie nicht mehr so hinterhältig.

„Okay, ich komme mit.", willigte Tobias ein und hörte Johanna am Telefon jubeln.

„Ich hole dich um 16 Uhr ab, Tobi!"

Tobias schaute auf seine Uhr. Es war schon 14.30 Uhr, wo war die Zeit geblieben? Jetzt musste er sich beeilen. Zuhause angekommen, wartete schon Stefanie auf ihn und schaute ihn böse an.

„Frau Schmitz hat mich wieder angerufen. Tobias so geht das nicht! Du kannst nicht immer weglaufen!"

Tobias ging wortlos an ihr vorbei und die Treppe hoch.

„Tobias, ich rede mit dir! Antworte mir bitte! So geht das nicht! Du fliegst noch von der Schule und dann hast du keinen Schulabschluss!"

„Na und!", sagte Tobias und knallte seine Tür zu.

Stefanie machte sich einen Kaffee und setzte sich auf die Couch. Sie verstand warum Tobias immer aus der

Schule weglief und am liebsten hätte sie ihn von der Schule genommen, damit er zur Ruhe kommen würde. Aber wo sollte er dann hin? Er war die letzten Jahre, mit Vieren und Fünfen auf dem Zeugnis, gerade so versetzt worden und jetzt brauchte er nur noch den Abschluss schaffen. Dann wäre er die Schule und diese Menschen los. Was dann käme, daran wollte sie noch gar nicht denken. Einen Ausbildungsplatz zu finden, wäre die nächste Hürde, aber erst einmal müsste er seinen Abschluss schaffen.

Der Vormittag bei Thorsten im Büro war interessant gewesen. Er hatte sie ständig küssen wollen und sie hatte ihn nur schwer abwimmeln können. Da aber auch zwischendurch Klienten kamen, hatte sie immer einen Grund, warum sie vor ihm flüchten konnte. Den hatte sie jetzt an der Backe und er war richtig anhänglich, wunderte sie sich. Sie wollte ihren Job nicht verlieren, deshalb musste sie vorsichtig sein. Wenn sie ihn nur auf Abstand halten würde, dann wäre er nachher verärgert und würde ihr den Job kündigen. Auf der anderen Seite wusste er, was er an ihr hatte und sie wusste, was sie an ihm hatte. Also eigentlich alles gut...

Stefanie hatte den ganzen Vormittag über Lady Morena nachgedacht. Sollte sie wirklich dort anrufen? Sie hielt ihr Handy in der Hand und überlegte. Die Neugierde war sehr groß und sie musste sich eingestehen, dass diese Frau sie faszinierte. Sie wollte sie kennenlernen und dann konnte sie immer noch weitersehen. Also öffnete sie ihre Kontakte am Handy und suchte den Eintrag „Morena". Ihr Daumen tippte auf den grünen Hörer und aufgeregt lauschte sie dem Tuten. Nach ein paar Sekunden hörte sie eine tiefe Frauenstimme.

„Hier spricht Lady Morena, was ist dein Begehren?"

Stefanie zögerte. Die Stimme war sehr dominant.

„Ich heiße Stefanie Reimann und habe auf Ihrer Internetseite gesehen, dass sie eine passive Dame suchen. Ich möchte mich dafür bewerben."

„Sehr schön Stefanie. Hast du Erfahrung dich zu unterwerfen?"

Stefanie fühlte sich plötzlich eingeschüchtert und antwortete zaghaft: „Äh nein. Ich meine, ich hatte bisher immer normalen Sex. Aber ich habe gerne Sex. Also, ich bin lernfähig..." Stefanie ärgerte sich über sich selbst, dass sie so stammelte, aber diese Stimme schüchterte sie sehr ein.

„Gut Stefanie, dann sollten wir uns kennenlernen. Ich merke schon, dass du geeignet sein könntest. Komm morgen bei mir vorbei. Um 18 Uhr. Die Adresse steht auf meiner Homepage."

Stefanie dachte schnell nach, ob sie am nächsten Tag einen Termin hatte, aber ihr fiel nichts ein.

„Ja, ich werde da sein."

Lady Morena hatte aufgelegt und Stefanie starrte ihr Handy an. Wieso war sie plötzlich so kleinlaut gewesen? Diese Frau hatte schon am Telefon eine Autorität, der man sich nur schwer entziehen konnte. Sie konnte sich jetzt gut vorstellen, wie Männer sich ihr unterwarfen. Da kann man richtig neidisch werden, dachte sich Stefanie und war sehr neugierig auf den morgigen Abend.

Es klingelte an der Tür und als Stefanie die Tür öffnete, stand Johanna davor.

„Hallo Johanna, schön dich zu sehen. Tobias ist in seinem Zimmer.", begrüßte Stefanie sie fröhlich.

Tobias kam schon die Treppe herunter und ging an ihr vorbei zu Johanna. „Ich bin weg…"

„Wohin gehst du?", fragte Stefanie überrascht. Tobias ging fast nie nachmittags raus und spielte meistens alleine in seinem Zimmer am PC.

„Wir gehen zu Sven und Nils.", antwortete ihr Johanna.

„Okay…viel Spaß.", erwiderte Stefanie zögerlich. Sie wusste nicht, was sie davon halten sollte, schließlich hatte sie die Zwillinge nicht in guter Erinnerung und Tobias war in Anettes Haus nicht gerade willkommen gewesen. Die alte Angst kam wieder hoch und sie versuchte sich zu entspannen. Es wird schon nichts passieren und Tobias ist jetzt schon groß, sagte sie zu sich selbst und machte sich noch einen Kaffee.

10

Tobias hatte einen Kloß im Magen, als er zu Sven und Nils ging. Er tat dies nur Johanna zuliebe. An die Beiden hatte er unangenehme Erinnerungen und konnte sich noch gut an die Gemeinheiten erinnern, die ihn die gesamte Grundschulzeit begleitet hatten. Die Zwillinge öffneten die Haustür, als Johanna klingelte und sie schauten erstaunt, als sie Tobias erblickten.

„Hi Tobi, was geht ab. Lange nicht gesehen. Komm rein!", sagte Nils und ließ die Beiden ins Haus kommen. Johanna hatte ihnen einen Kuchen von ihrer Mutter mitgebracht und die beiden Bibeln, die sie ihnen hätte auch geben sollen, hatte sie auf dem Weg leider verloren...

Anette kam aus dem Wohnzimmer in den Flur und begrüßte Johanna erfreut. Als sie Tobias sah, änderte sich ihr Gesichtsausdruck und sie sagte kühl. „Oh Tobias, dich habe ich gar nicht erwartet. Wie geht es dir und deiner Mutter?"

„Gut", antwortete Tobias knapp. Er war noch nie ein Freund von vielen Worten gewesen.

Anette nahm Johanna den Kuchen ab und bat die Beiden ins Wohnzimmer. Dort stand ein riesiger Flachbildfernseher, mit circa zwei Metern Durchmesser. Daneben standen zwei große Boxen. Die graue Ledercouch und die beiden passenden Sessel sahen sehr modern, aber nicht unbedingt gemütlich aus und der Rest des großen Wohnzimmers war leer und kühl, was auch an dem gefliesten Fußboden lag.

Auf dem Bildschirm des Fernsehers war ein Computerspiel zu sehen, welches Tobias aus der Werbung kannte. Es sollte erst nächste Woche auf dem Markt erscheinen.

„Hat mein Vater uns besorgt.", sagte Sven breit grinsend und wirkte dabei sehr arrogant. „Willst du auch mal?" Er gab Tobias den Controller und setzte sich neben Johanna auf die Couch. Das ließ Tobias sich nicht zweimal sagen und spielte das Spiel weiter. Er liebte dieses Spiel und auf diesem großen Bildschirm machte es nochmal so viel Spaß. Zuhause hatte er die beiden vorherigen Spiele und wartete schon sehnsüchtig auf die Fortsetzung. Er spielte und bemerkte nicht, dass die Zwillinge und Johanna mittlerweile den Raum verlassen hatten. Sie waren in den Keller gegangen, in dem die Beiden ihre Zimmer hatten. Nach einer Weile bemerkte er es, legte den Controller beiseite und folgte den Stimmen in den Keller. Aus einem Raum kam Gelächter heraus und als Tobias durch die geöffnete Tür schaute, sah er Johanna mit Sven und Nils auf der Couch sitzen und albern. Sie schienen viel Spaß zu haben und Tobias fühlte Eifersucht. Johanna war seine einzige Freundin und er wollte sie nicht teilen.

Tobias betrat das Zimmer, das sehr geräumig war und er sah auch hier einen riesigen Fernseher und einen großen Schreibtisch, auf dem zwei Flachbildschirme nebeneinander standen. Das Zimmer wirkte nicht mehr jugendlich, sondern schon sehr erwachsen. Die Drei hatten ihn noch nicht bemerkt und Tobias sah, wie Sven und Nils Johanna kitzelten. Sie wand sich lachend und ihre langen blonden Haare umspielten ihr hübsches Gesicht. Am liebsten wäre er jetzt gegangen, aber er wollte Johanna nicht alleine lassen, obwohl sie wahrscheinlich noch nicht einmal bemerken würde, wenn er jetzt gehen würde. Er fühlte sich wie das fünfte Rad am Wagen und entschloss sich dann doch zu gehen. Deshalb drehte er sich um und verließ das Zimmer.

Vor der Haustür traf er noch auf Anette. Sie schaute ihn von oben bis unten an, während sie falsch lächelnd "Grüß deine Mutter ganz lieb" sagte. Tobias antwortete nur „Ja" und ging schnellen Schrittes nach Hause.

Stefanie war in der Küche, als sie hörte, wie Tobias die Haustür aufschloss und nach oben in sein Zimmer lief. Er knallte seine Tür zu und sie ahnte, dass etwas passiert sein musste. Schnell ging sie hinter ihm her und klopfte an seine Tür.

„Tobias, was ist passiert?", fragte sie besorgt.

„Niiichts!", antwortet Tobias genervt.

Stefanie wartete noch kurz vor der Tür, ob er es sich vielleicht überlegen würde, aber dann ging sie traurig zurück in die Küche. Wenn Tobias nicht reden wollte, hatte es keinen Sinn zu bohren. Er kam, wenn er etwas auf dem Herzen hatte, von sich aus zu ihr und erzählte es. Sie wüsste zu gerne, was bei Anette passiert war, obwohl sie es sich schon denken konnte.

Am nächsten Tag traf Tobias Johanna im Bus zur Schule.

„Hi Tobi, warum bist du gestern einfach abgehauen?"

„Du hast dich doch gut mit den Beiden amüsiert. Da war ich doch nur fehl am Platz.", antwortete Tobias mürrisch.

„Bist du etwa eifersüchtig?", fragte Johanna erstaunt und schmunzelte.

„Ganz bestimmt nicht!", protestierte Tobias schnell und wurde rot im Gesicht. Es war ihm peinlich, dass Johanna bemerkte, dass er nicht nur freundschaftliche Gefühle für sie hatte. Irgendwann hatte er bemerkt, wie hübsch und cool sie war und dass er immerzu an sie denken musste. Er wollte nicht, dass sie sich auch mit anderen Jungs traf. Jedenfalls nicht alleine. Sie war seine Freundin und er wollte sie nicht verlieren.

„Die Beiden sind doch okay und sie haben coole Sachen. Sven hat mir gestern noch erzählt, dass sie ab und zu etwas rauchen. Du weißt schon…Gras und so und er hat mich gefragt, ob ich auch mal will. Ich hab natürlich gesagt, dass ich das schon gemacht habe. Wollte ja nicht dumm dastehen vor den Beiden. Sonst halten die mich ja für einen Loser."

„Wie kommen die denn an Gras?", wollte Tobias wissen.

„Das bekommt man wohl an der Schule, auf die sie gehen. Das ist so eine Eliteschule. Da gibt es noch ganz andere Sachen, hat Sven gesagt." Johanna schaute ihn verschwörerisch an und Tobias machte sich plötzlich Sorgen um sie. Zuhause wurde Johanna sehr kurz gehalten und je mehr ihr verboten wurde, umso mehr wollte sie es ausprobieren. Wenn ihre Mutter wüsste, dass sie Gras rauchen will, würde sie sie einsperren und nie mehr heraus lassen. Am liebsten würde sie Johanna ins Kloster schicken, dachte sich Tobias.

„Okay..." erwiderte Tobias nur und schaute aus dem Fenster.

„Sei nicht so uncool!", lachte Johanna und kniff ihn in die Seite. Tobias wollte nicht uncool wirken und er wollte auch nicht, dass sie Sven und Nils für cool hielt. Sie sollte ihn cool finden.

„Ich bin nicht uncool!", protestierte Tobias. „Ich würde auch Gras rauchen, wenn ich es hätte."

„Echt? Dann sag ich den Beiden Bescheid, dass sie uns was besorgen sollen..." flüsterte sie Tobias zu und schaute sich dabei amüsiert um.

„Klar", antwortete Tobias und plötzlich war ihm etwas flau im Magen.

11

Stefanie stand vor dem Spiegel und betrachtete sich kritisch. In 30 Minuten musste sie losfahren, damit sie pünktlich bei Lady Morena ankam. Sie hatte sich mehrmals umgezogen und fand ihr Outfit jedes Mal zu spießig. Eigentlich hatte sie keine wirklich sexy Kleidung. In den letzten Jahren war sie nur Mutter gewesen und hatte keine Dates gehabt, warum sollte sie sich dann sexy Kleidung kaufen? Jetzt lagen auf dem Bett einige Kleider und Hosen und sie wusste immer noch nicht, was sie anziehen sollte. Die Jeans und die Bluse waren viel zu brav. Also zog sie die Sachen wieder aus und probierte die schwarze Kunstlederhose, die noch im Schrank lag. Sie passte noch und darin sah sie sehr gut aus. „Wenn ich jetzt noch die etwas durchsichtige Chiffonbluse und die hohen Schuhe dazu trage, kann ich mich sehen lassen.", bemerkte Stefanie wohlwollend zu ihrem Spiegelbild.

Tobias war in seinem Zimmer und spielte am PC, als sie an seine Tür klopfte und sich verabschiedete. Sie hatte ihm gesagt, dass sie mit einer Freundin etwas trinken gehen würde und nicht zu spät wieder nach Hause käme. Er hatte mit seinen 15 Jahren kein Problem damit, abends mal alleine zu sein, er genoss es sogar. Dann hatte er seine Ruhe.

Ihr schlug das Herz bis zum Hals, als sie in ihr Auto stieg und nach Euskirchen fuhr. Das Navi leitete sie in eine zwielichtige Gegend, in der viele Bars und Kneipen waren. Sie fand einen Parkplatz und ging nervös zu dem Haus, in dem Lady Morena ihr Domizil hatte. Es waren 12 Klingelknöpfe neben der Haustür angebracht und auf einem stand „Lady Morena". Sie drückte den Klingelknopf und schaute gebannt auf die Tür.

„Komm in den Keller!", hörte sie die Stimme von Lady Morena aus der Gegensprechanlage und dann summte der Türöffner. Stefanie drückte nervös die Tür auf und trat in das Haus. Das Haus war aus den 30er oder 40er Jahren und Jugendstil-Fliesen zierten den Fußboden. Sie ging die Treppe in den Keller hinunter und rotes Licht schimmerte ihr entgegen. Der lange Gang führte rechts in mehrere Zimmer und aus einem trat jetzt eine große schwarzhaarige Frau heraus und kam auf Stefanie zu. Sie sah fantastisch aus, noch besser als auf den Fotos, die Stefanie von ihr gesehen hatte. Ihre schlanke Figur wurde durch eine schwarze Korsage betont, die ihre üppigen Brüste hoch schob und ihre langen, schwarz bestrumpften Beine steckten in Lackstiefeln, die ihr bis über das Knie reichten. Die langen Haare waren wieder zu einem hohen Zopf gebunden, ihre blauen Augen waren dunkel geschminkt und ihre Wangenknochen mit viel Rouge hervorgehoben. Stefanie war fasziniert von Lady Morena und wünschte sich, sie hätte nur einen Bruchteil von ihrer Ausstrahlung. Sie sah nicht nur gut aus, nein, sie strahlte Dominanz und Stärke aus.

„Hallo Stefanie", sprach Lady Morena mit ihrer tiefen Stimme und stand jetzt vor ihr. Sie war etwas größer als sie, was wohl auch an den min. 10 cm hohen Absätzen lag. „Folge mir!" sagte sie bestimmt und ging voraus in den Raum, aus dem sie gekommen war. Als Stefanie diesen Raum betrat, kam ihr ein Duft nach Leder und dem schweren Parfum von Lady Morena entgegen. Überall brannten Kerzen und in dem dämmrigen, rötlichen Licht erkannte Stefanie den Raum von dem Foto wieder. Der schwarze, hölzerne Thron war überall mit Verzierungen versehen und stand mitten im Raum. Er war sehr groß und beeindruckend und Lady Morena setzte sich geschmeidig darauf. Ihre Arme ruhten auf den massiven Lehnen und sie musterte Stefanie, die verlegen vor ihr stand.

„Du bist hübsch.", sagte Lady Morena und schaute sie sinnlich an. „Du gefällst mir."

„Oh, danke…“, stammelte Stefanie nervös.

„Das heißt, danke Herrin!“, tadelte Lady Morena sie.

„Danke Herrin.“, korrigierte sich Stefanie schnell.

„Du weißt, dass ich auch auf Frauen stehe?“, sagte Lady Morena und leckte sich mit der Zunge über ihre roten Lippen.

„Bis jetzt nicht, Herrin.“, erwiderte Stefanie irritiert. Sie fühlte sich wie das Kaninchen vor der Schlange. Entweder verließ sie jetzt schleunigst dieses Haus oder aber sie musste dieses Spiel jetzt fortführen, mit allen Konsequenzen.

„Ich habe Kunden, die gerne zu dritt spielen und ich dulde natürlich keine Konkurrenz neben mir. Ich brauche also eine Gespielin, an der wir Beide Gefallen finden.“ Stefanie fühlte sich gerade mit Blicken ausgezogen und wippte verlegen von einem Bein auf das andere.

„Verstehe Herrin.“, antwortete Stefanie und erzwang sich ein Lächeln.

„Bist du bereit dafür?“ Lady Morena schaute ihr mit festem Blick in die Augen.

Stefanie zögerte noch kurz, aber dachte dann an ihr Vorhaben und schaute Lady Morena jetzt selbstsicher an.

„Ja, ich würde mich freuen, ihre Gespielin sein zu dürfen, meine Herrin.", sagte Stefanie mit einer absichtlich devoten Stimmlage.

Lady Morena lächelte jetzt und zog dabei eine Augenbraue hoch.

„Sehr schön. Komm am Samstag um 18 Uhr hierher. Passende Kleidung bekommst du von mir. Ich gehe davon aus, dass du rasiert bist?"

Stefanie wurde rot im Gesicht. Das war eine sehr intime Frage und sie wollte instinktiv sagen „Das geht dich gar nichts an!", aber dann besann sie sich auf ihre selbst gewählte Rolle und antwortete gehorsam:

„Selbstverständlich Herrin."

„Sehr schön. Du bekommst, wenn der Kunde zufrieden ist, 150 Euro für die Session. Die dauert ungefähr zwei Stunden."

Oh, schnell verdientes Geld, dachte sich Stefanie. Dafür ging sie eine ganze Woche halbtags bei Thorsten arbeiten. Aber das wäre trotzdem nichts für sie. Ihren

Körper zu verkaufen kam für Stefanie nicht in Frage. Egal wie viel man dabei verdienen würde. Sie musste nur dieses eine Mal mitspielen.

„Du darfst gehen", sagte Lady Morena und Stefanie erwachte aus ihrer Kaninchenstarre.

Sie verließ eilig das Zimmer und ging die Treppe rauf. Draußen auf der Straße atmete sie tief ein und versuchte wieder in die Realität zurück zu kommen. Oh man, das war eine andere Welt da unten, aber sie wollte das durchziehen.

„Ich mach dich fertig Andreas!" sagte Stefanie triumphierend zu sich selbst und ging zu ihrem Auto zurück.

Tobias schaute auf sein Handy, denn er hatte eine Nachricht von Johanna bekommen.

„Sollen wir uns heute in der Höhle treffen? So um 16 Uhr? Meine Mutter ist dann in der Kirche und ich kann mich wegschleichen ;)"

„Oki" schrieb Tobias zurück und freute sich. Er war gerne mit Johanna alleine, dann war sie ganz anders, als in der Schule. Wenn andere Jungs in der Nähe waren, tat sie so cool und beachtete ihn kaum. Sie schminkte sich seit Kurzem sehr stark und zog sich enge Sachen an, in denen Tobias ihre Brüste sah, die ihm vorher in den weiten Pullis nicht so aufgefallen waren. In ihrem Rucksack hatte sie alles dabei und ging in der Schule als erstes aufs Mädchenklo, um sich umzustylen. Wenn sie dort heraus kam, hatte sie sich total verändert. Tobias spürte, dass er eifersüchtig wurde, wenn Johanna in diesem Outfit mit anderen Jungs redete oder lachte, weil er sah, dass auch die anderen Jungs auf ihre Brüste schauten. Sie ging in den Pausen auch gerne zu den älteren Jungs und holte sich dort eine Zigarette, was Tobias überhaupt nicht recht war. Aber sie war sehr eigensinnig und ließ sich von ihm nichts sagen.

„Fang nicht an wie meine Mutter. Chill ma…", sagte sie dann immer, wenn Tobias sie ermahnte, wie ungesund rauchen sei. Also sagte er nichts mehr.

Um 15.30 Uhr machte sich Tobias auf den Weg zur Höhle. Seine Mutter hatte sich gefreut, als er ihr erzählte, er wolle etwas spazieren gehen und das stimmte ja auch irgendwie. Er genoss die frische Luft, es roch im Wald nach Frühling und alles wurde mit frischem Grün überzogen.

In der Höhle lagen mehrere Decken, die er sich nach und nach mitgebracht hatte und die er jetzt auch brauchte. Er wickelte sich in die Decken ein und wartete auf Johanna. Es dauerte eine ganze Weile und er dachte schon, dass sie doch nicht kommen würde, da hörte er Schritte näher kommen. Tobias stand auf, um Johanna zu begrüßen.

Sie kam auf ihn zu und umarmte ihn und Tobias merkte, wie sein Herz plötzlich ganz wild pochte. Immer noch umarmt, schauten sie sich an und Tobias merkte, dass irgendetwas anders war. Plötzlich küsste Johanna ihn zaghaft auf den Mund. Er spürte ihre weichen, warmen Lippen und dann ihre weiche Zunge, die in seinen Mund wollte. Es war sein erster Kuss und er wusste nicht so richtig, was er machen musste und ließ sich von Johanna zeigen, wie es ging. Johannas Zunge spielte mit seiner Zunge und er spürte, wie er eine Erektion bekam. Sie hörte auf ihn zu küssen und lächelte ihn jetzt an.

„Komm!", sagte sie und nahm seine Hand. Sie gingen zu den Decken und setzten sich auf den Boden. Dort küsste sie ihn erneut und Tobias wurde ganz berauscht von diesem unbekannten Gefühl des Glücks und der Lust. Ihr Geschmack und ihr Duft erregten ihn sehr und seine Hände fingen unbeholfen an, unter ihre Jacke zu wandern. Er tastete sich langsam vorwärts und seine Hand berührte jetzt ihre Brust über ihrem Pullover. Eine Welle der Erregung schoss durch seinen Körper und seine Jeans wurde ihm im Schritt viel zu eng. Sie ließ es zu, fasste ihm mit ihrer Hand zwischen die Beine und rieb an der Beule in seiner Jeans. Er stöhnte kurz beim Küssen in Johannas Mund auf und schämte sich plötzlich sehr. Am liebsten wäre er jetzt weg gelaufen, aber Johanna küsste ihn erneut und es war so wunderbar ihre Lippen zu schmecken. Er verstand nicht so richtig, was gerade passierte und wie sich von einer Minute auf die andere alles verändert hatte, aber er genoss es sehr. Sie streichelte mit ihrer Hand erneut die Beule in seiner Jeans und jetzt war ihm überhaupt nicht mehr kalt - im Gegenteil - ihm war heiß! Johannas Hand suchte nach dem Reißverschluss seiner Hose und öffnete in. Er ließ sich die Jeans ausziehen, obwohl er immer noch voller Hemmungen war. Sie zog auch ihre Jeans aus und er sah ihren schwarzen, knappen Tanga. Sie legte sich auf den Rücken und er deckte sie Beide mit der Decke zu, damit sie nicht froren. Unter der Decke zog sie ihm und sich die Unterhosen aus und zog ihn auf sich. Sie hatte ihre Beine auseinander gespreizt und er fand schnell den Weg in sie. Sie stöhnte kurz auf, als er in sie eindrang und er dachte, er hätte ihr wehgetan und wollte aufhören, aber sie zog ihn an sich und küsste ihn, während er sich rhythmisch in ihr bewegte. Da bekam er auch schon einen Orgasmus.

Aufgewühlt lag er auf ihr und Beide sagten nichts, da hörten sie Gelächter. Sie schauten erschrocken zum Höhleneingang und erblickten Sven und Nils.

„Oh man, die ficken ja!", rief Nils. Beide lachten böse und Tobias sah, dass Nils sie mit dem Handy filmte.

„Was soll das?", kreischte Johanna und zog sich die Decke über das Gesicht. „Haut ab!"

„Das Video wird jede Menge Likes geben…", lachte Sven hämisch. „Geil Alter" und klatschte Nils mit der flachen Hand in seine Hand. Dann liefen sie lachend weg.

Tobias saß geschockt mit Johanna auf dem Boden, als sie anfing zu weinen. „Woher wissen die wo wir sind? Die müssen mir nachgegangen sein! Wenn die das tatsächlich ins Internet hochladen, bin ich geliefert!" Sie schaute ihn mit aufgerissenen Augen an und schluchzte. „Was machen wir jetzt bloß?" Sie hielt sich die Hände vor das Gesicht und weinte bitterlich. Tobias hingegen saß regungslos da und starrte vor sich hin.

„Sag doch was!", schrie Johanna und schaute ihn verzweifelt an. Tobias aber sagte nichts. Die Situation und ihr lautes Geschrei überforderten ihn. Eben noch war es so schön gewesen und jetzt war Chaos in seinem Kopf. Er musste alleine sein, deshalb stand er auf, zog sich hastig an und rannte nach Hause. Johanna blieb schluchzend zurück...

12

Stefanie lief im Schlafzimmer auf und ab und überlegte, welcher Teufel sie geritten hatte, dass sie auf die Idee mit der Domina gekommen war. In einer Stunde sollte sie bei Lady Morena erscheinen und ihr war schon ganz flau im Magen vor Aufregung. Sie hatte sich diesmal keine großen Gedanken zu ihrem Outfit gemacht, weil sie ja die passende Kleidung von Lady Morena zur Verfügung gestellt bekam, aber der Gedanken an das was dort passieren würde, machte sie äußerst nervös.

„Das schaffst du schon!", sagte sie zu sich selbst und zog sich ihre Jeans an. Unten hörte sie Tobias nach Hause kommen und kurz darauf knallte er seine Zimmertür zu. Was war passiert? Er wollte doch nur spazieren gehen? Sie hatte eigentlich wenig Zeit, aber eine Unruhe packte sie. Deshalb ging sie zu seinem Zimmer und machte vorsichtig die Tür auf. Tobias saß auf seinem Bett und starrte vor sich hin.

„Alles okay Schätzchen?", fragte sie ihn, aber er antwortete nicht. Sie ging zu ihm, setzte sich neben ihn auf das Bett, aber er saß wie versteinert da.

„Ist etwas Schlimmes passiert?", fragte sie ihn besorgt.

„Ich will nicht darüber reden!", antwortete Tobias und starrte weiter geradeaus.

„Das ist okay. Wenn du möchtest, reden wir morgen darüber. Kann ich dich denn jetzt alleine lassen? Ich gehe mit einer Freundin essen…" Sie hasste es ihn anzulügen, aber die Wahrheit würde er wohl nicht verstehen. „Oder soll ich hier bleiben?", Stefanie war sich plötzlich unsicher, ob sie wirklich fahren sollte.

„Ich will alleine sein."

„Ist gut mein Schatz, ich lasse dich in Ruhe. In zwei bis drei Stunden bin ich wieder zurück, in Ordnung?" Stefanie stand auf und schaute ihn besorgt an. Irgendetwas musste passiert sein, aber sie kannte ihren Sohn. Wenn er nicht reden wollte, dann bekam sie kein Wort aus ihm heraus.

Mit einem ganz schlechten Gefühl nahm sie ihre Tasche und ging zu ihrem Auto. Sie schaute nochmal hoch zu seinem Fenster. Sollte sie wirklich fahren? Er hatte gesagt, dass er alleine sein wollte und das glaubte sie ihm auch. Mit Stress konnte er ganz schlecht umgehen und er zog sich dann zurück. Vielleicht würde sie morgen mehr erfahren. Sie setzte sich ins Auto und fuhr nach Euskirchen. Auf der Fahrt versuchte sie abzuschalten und sich auf das, was gleich passieren würde, zu konzentrieren. Gleich würde sie in eine Rolle schlüpfen müssen und die verlangte viel von ihr ab. Das erste Mal in ihrem Leben würde sie Sex mit einem wildfremden Mann haben und das für Geld. Aber sie erhoffte sich davon, dass sie danach die Information von Lady Morena erhalten würde, die sie haben wollte. Nämlich ob und wie oft Andreas zu Lady Morena ging und was dort seine Wünsche waren. Dann hätte sie etwas gegen ihn in der Hand und er würde Elke in Ruhe lassen müssen. Vielleicht könnte sie ihn auch dazu bewegen seine kriminellen Machenschaften zu unterlassen und seine Opfer zu entschädigen. Da fiel ihr Heike ein, die nicht nur ihr Zuhause verloren hatte, sondern auch ihren Mann. Das alles hatte Andreas zu verantworten. Aber das war nicht der einzige Grund, warum sie dies tat. Es war einfach mega aufregend...

Sie war jetzt angekommen, parkte das Auto und ging zu dem Haus, in dem das Studio von Lady Morena war. Ihr wurde die Tür aufgedrückt, nachdem sie geklingelt hatte und sie ging die Kellertreppe herunter. Lady Morena kam ihr entgegen und wieder sah sie atemberaubend aus. Sie trug heute ein hautenges

109

schwarz-rotes Lackkleid, das ihr knapp bis über den Po reichte und dazu knallrote Overknees, mit einem mindestens 15 cm hohen Absatz, ebenfalls aus Lack. Das Kleid hatte einen tiefen Ausschnitt und man konnte die Hälfte ihrer Brüste sehen, die eng zusammengeschoben waren. Heute hatte sie die Haare offen, mit großen Locken und sie trug eine Brille, die ihr einen strengen Blick gab. Stefanie war fasziniert von ihr und konnte sich gar nicht an ihr satt sehen.

„Da bist du ja, Stefanie. Zieh dich schnell um."

„Danke Herrin.", sagte Stefanie automatisch und folgte Lady Morena in den Raum, den Stefanie schon kannte. Sie sah, dass auf dem Thron etwas Schwarzes lag. Als sie näher ging, erkannte Stefanie, dass es ein Catsuit aus Latex war. Wow, dachte sie sich und zog sich ihre Sachen aus. Lady Morena stand währenddessen hinter ihr und schaute ihr dabei zu. Wenn Stefanie schwimmen oder in der Sauna war, hatte sie sich schon oft vor Frauen nackt ausgezogen, aber noch nie bewusst vor einer Frau, von der sie sexuell begehrt wurde. Sie wollte erst den Slip und den BH anlassen, da befahl ihr Lady Morena „Zieh dich ganz aus! Nur das Latex darf auf deiner Haut sein!"

„Ja Herrin.", antwortete ihr Stefanie etwas schinant und zog sich ganz nackt aus. Lady Morena schaute ihr dabei zu und lächelte. Schnell schlüpfte Stefanie in den Catsuit und verstand dann, warum sie keinen Slip tragen sollte. Der Catsuit war im Schritt offen...

„Du brauchst noch Schuhe. Welche Größe hast du?" fragte Lady Morena und ging durch eine Tür in einen Nebenraum. Stefanie folgte ihr neugierig.

„40 Herrin"

In dem Nebenraum stand ein Schreibtisch, auf dem ein Laptop lag. An den Wänden standen Kleiderstangen, auf denen jede Menge Kleider und Hosen aus Lack, Leder und Stoff hingen. Darunter standen min. 20 Paar Schuhe in verschiedenen Ausführungen und mit sehr hohen Absätzen. Darauf sollte sie laufen? Lady Morena gab ihr ein Paar Peeptoes aus schwarzem Leder, mit einem extrem hohen Absatz und als Stefanie sie angezogen hatte, hatte sie Mühe darauf zu laufen.

„Du wirst eh nicht viel laufen...", sagte Lady Morena lächelnd und ging zurück in den Thron-Raum. Stefanie folgte ihr und versuchte so elegant wie möglich dabei auszusehen.

So etwas können nur Männer entwerfen. Die laufen damit ja nicht herum, dachte sie sich und musste auf-

passen nicht umzufallen. Sie hielt sich wackelig am
Thron fest und schaute sich nochmal genau um. Jetzt
fiel ihr auf, dass in jeder Ecke des Zimmers an der
Zimmerdecke Kameras angebracht waren. Die waren
ihr beim letzten Mal gar nicht aufgefallen.

„Werden die Sessions aufgezeichnet?", fragte Stefanie
neugierig. Ihr kam plötzlich eine Idee...

„Selbstverständlich!", antwortete Lady Morena. „Es
gab schon Kunden, die versuchten mir anschließend
etwas anzuhängen. Da brauche ich eine Absicherung."

Dann hatte Lady Morena bestimmt auch ein Video
von Andreas, dachte sich Stefanie und überlegte
schnell, wie sie an das Video kommen könnte.

„Zieh diese Maske an. Ich gebe dir jetzt noch ein paar
Anweisungen.

Du redest nur, wenn du gefragt wirst!

Du hörst nur auf mich!

Du tust alles was ich dir befehle!

Hast du mich verstanden?"

„Ja Herrin.", erwiderte Stefanie und ihr wurde jetzt
etwas flau im Magen.

Es klingelte und Lady Morena ging zu der Gegensprechanlage. Sie drückte auf den Türöffner und trat in den Flur. Von oben hörte Stefanie jemanden die Treppe herunter kommen und dann eine Männerstimme sagen „Meine Herrin, endlich darf ich sie wiedersehen." Diese Stimme...oh nein, sie hatte diese Stimme schon einmal gehört! Schnell zog sie sich die Augenmaske an.

„Steh auf Sklave und folge mir!" Lady Morena betrat den Raum und ein untersetzter Mann mit Halbglatze folgte ihr. Oh mein Gott, das ist Andreas, schoss es Stefanie durch den Kopf. Sie erkannte ihn sofort und ihr Herz klopfte wie wild. Ich will auf gar keinen Fall Sex mit Andreas haben! Ich muss hier weg, dachte sich Stefanie und überlegte fieberhaft, was sie tun konnte.

Andreas hatte sie jetzt gesehen und schaute sie von oben bis unten an. Seine gierigen Blicke widerten Stefanie an und am liebsten hätte sie ihm gesagt „Vergiss es du Kotzbrocken!", aber sie musste sich beherrschen.

„Du wirst heute nicht alleine das Vergnügen haben mir zu dienen. Ich habe noch eine Gespielin dazu geholt."

„Oh ja Herrin, wie wunderbar…" Er hatte jetzt ein widerliches Grinsen im Gesicht und Stefanie konnte seine Erregung an seinen Augen erkennen. Es schüttelte sie.

„Zieh dich jetzt aus, damit wir endlich anfangen können." Lady Morena sprach sehr streng mit ihm und Andreas gehorchte wie ein Hündchen. Wenn die Situation nicht so misslich wäre, hätte Stefanie laut aufgelacht. Was für eine Wurst, dachte sie sich.

Andreas zog sich bis auf die schwarze Unterhose aus und kniete sich vor Lady Morena, die auf ihrem Thron Platz genommen hatte. „Leck mir meine Stiefel sauber!", befahl sie und Andreas gehorchte. Er leckte mit seiner Zunge über ihre roten Lackstiefel und schaute Lady Morena dabei unterwürfig an. „Streng dich an und mach das richtig, sonst wirst du heute nicht belohnt." Kaum hatte sie das gesagt, flog seine Zunge noch schneller über ihre Stiefel und er stöhnte dabei auf.

Oh mein Gott, ist das widerlich, dachte sich Stefanie und musste an Elke denken und was sie wohl sagen würde, wenn sie ihren Mann so sehen würde.

„Genug! Geh weg!" Sie schubste ihn mit einem Fuß weg und stand auf. An der Wand hing ein Paddel, das

114

sie jetzt nahm und mehrmals auf ihre flache Hand sausen ließ. Es klatschte dabei hörbar.

„Warst du wieder unartig und hast dich an Anderen bereichert?"

„Ja Herrin."

„Hose runter und Po hoch!"

Er zog die Unterhose runter, duckte sich nach vorne und streckte seinen Po in die Höhe. Schon sauste das Paddel auf seinen Po und es klatschte laut.

„Ohhh", machte Andreas und Stefanie konnte sehen, dass er die Augen verdrehte. „Danke Herrin."

„Muss ich dich wieder bestrafen?"

„Ja bitte Herrin."

Schon klatschte das Paddel wieder auf seinen nackten Po und Andreas stöhnte auf.

„Du benimmst dich wie ein Schwein, dann sollst du auch aussehen wie eins." Lady Morena holte eine Kopfbedeckung, die aussah wie ein Schweinekopf, mit zwei kleinen ausgeschnittenen Löchern für die Atmung. Sie zog ihm die Maske über den Kopf und ließ nochmal das Paddel auf seinen Po sausen.

„Du altes Schwein. Wie macht das Schwein?"

„Grunz, grunz...", machte Andreas und Stefanie biss
sich auf die Lippen. Sie durfte nicht lachen, sie durfte
auf keinen Fall lachen! Doch sie konnte es nicht zu-
rückhalten, die Situation war einfach zu komisch. Laut
lachte sie los und hielt sich die Hand vor den Mund.
Lady Morena schaute sie erbost an und der Schweinekopf wackelte hin und her.

„Raus!", rief Lady Morena und zeigte mit dem ausge-
streckten Arm auf die Tür zum anderen Zimmer. Ki-
chernd wackelte Stefanie auf ihren High Heels zur Tür
und verließ den Tatort. Sie zog die Schuhe und den
Catsuit aus und ihre Sachen schnell wieder an. Das
hast du ja prima gemacht, dachte sie sich und bereute,
sich nicht besser im Griff gehabt zu haben. Sie wollte
schon gehen, da sah sie auf den Laptop. Von nebenan
hörte sie die Stimme von Lady Morena und das Stöh-
nen von Andreas. Die Beiden waren offensichtlich
beschäftigt, also hatte sie ein bisschen Zeit. Sie öffnete
den Laptop und sah, dass er eingeschaltet war. Auf
dem Desktop war ein Ordner „Sessions", den sie öffnete. Mehrere Namen standen dort, alphabetisch sortiert und da stand auch Andreas. Sie klickte auf den
Namen und sah mehrere Videodateien, nach Datum
sortiert. Stefanie dachte an den Datenstick in ihrer

Tasche, den sie immer dabei hatte, holte ihn hastig heraus und steckte ihn in den Laptop. Schnell kopierte sie die Dateien auf den Stick und lauschte dabei aufmerksam auf die Stimmen in dem Raum nebenan. Als der Kopiervorgang beendet war, zog sie den Stick heraus, schloss den Ordner und klappte den Laptop wieder zu. Sie öffnete die andere Tür zum Flur und lief eilig die Treppe rauf. Vor dem Haus atmete sie tief durch und dann prustete sie los. Sie ging schallend lachend zu ihrem Auto und konnte sich gar nicht mehr beruhigen. Immer wieder sah sie diese Bilder in ihrem Kopf – Andreas mit Schweinemaske und nacktem Arsch. Was für ein Anblick...

12

Tobias lag auf seinem Bett und starrte an die Zimmerdecke. Immer wieder musste er an den Moment denken, als Sven und Nils plötzlich aufgetaucht waren und
wie sehr er sich erschrocken hatte. Es war alles so
schnell gegangen... Er hatte zum ersten Mal ein Mädchen geküsst, wurde zum ersten Mal von einem Mädchen intim berührt und als ob das nicht schon genug
war, hatte er zum ersten Mal gespürt, wie es sich an-
fühlte, Sex mit einem Mädchen zu haben. Das war zu
viel auf einmal für ihn gewesen. Er hatte nicht klar
denken können, musste weg, alleine sein. Jetzt waren
ein paar Stunden vergangen und er bekam langsam
wieder die Kontrolle über seine Gefühle.

Johanna! Er hatte Johanna ganz alleine in der Höhle
gelassen! Sie hatte geweint, als er weg gelaufen war,
daran erinnerte er sich noch. Er musste unbedingt
wissen, wie es ihr ging. Er nahm sein Handy und
schrieb ihr eine Nachricht. Minuten vergingen, aber sie
las die Nachricht nicht. Nach 10 Minuten rief er sie an,
aber sie ging auch nicht ans Telefon. Jetzt machte er
sich große Sorgen um sie. Er ging hinunter, schnappte
sich seine Jacke und verließ das Haus. Vielleicht war

sie immer noch in der Höhle? Mittlerweile war es dunkel und ein leichter Nebel war aufgezogen. Er hatte eine Taschenlampe dabei und ging schnell den Weg, den er so gut kannte, durch den dunklen Wald. Er hatte keine Angst alleine durch den Wald zu gehen, aber jetzt hatte er Angst. Angst um Johanna. Er ging noch schneller.

Als er an der Höhle ankam, war niemand mehr da. Die Decken lagen noch auf dem Boden, also war Johanna plötzlich aufgebrochen. Es fiel ihm schwer sich in andere Menschen hinein zu versetzen, aber wenn sie das Gleiche gefühlt hatte wie er, dann musste es ihr schlecht gehen. Wahrscheinlich war sie nach Hause gelaufen. Er war noch nie bei ihr daheim gewesen und er wusste, dass ihre Mutter den Kontakt zu ihm nicht billigte. Jedes Mal musste Johanna lügen oder sich davonschleichen, wenn sie sich sehen wollten. Aber jetzt musste er wissen, ob es ihr gut geht. Deshalb machte er sich auf den Weg zu ihrem Zuhause.

Tobias stand vor dem Haus, in dem Johanna wohnte und versuchte sie noch einmal anzurufen. Sie hatte seine Nachricht noch immer nicht gelesen und sie ging wieder nicht ans Telefon. Er ließ es ewig lange klingeln und legte dann auf. Dann nahm er allen Mut zusammen, drückte die Klingel und wartete. Das Licht wurde im Flur eingeschaltet, das konnte er durch die kleine Scheibe über der Haustür sehen und dann wurde die Tür einen Spalt geöffnet.

„Was willst du denn hier?", fragte Brigitte mürrisch als sie Tobias durch den geöffneten Türspalt erblickte.

„Hallo, ist Johanna da?", fragte Tobias aufgeregt.

„Nein, ist sie nicht und ich möchte gerne wissen, wo sie steckt. Was willst du von ihr? Mach, dass du weg kommst!" Brigittes Augen funkelten Tobias an. „Mit so einem wie dir, will sie nichts zu tun haben!"

„Ich wollte nachschauen, ob es ihr gut geht und alles in Ordnung ist."

„Warum sollte es ihr nicht gut gehen? Hast du meiner Johanna etwas angetan?" Brigitte öffnete jetzt die Tür ganz und schaute ihn zornig an.

Sie packte ihn an der Jacke und zog ihn ins Haus.

„Sag mir jetzt, was du mit meiner Johanna gemacht hast! Los jetzt!" Brigitte schrie ihn jetzt an und Tobias wollte einen Schritt zurückgehen, aber Brigitte hielt ihn fest.

„Ich, ich...habe ihr nichts getan. Wir sind Freunde und ich würde ihr nie etwas antun."

„Du? Ihr Freund? Was bildest du dir ein? Mit so einem wie dir ist meine Johanna nicht befreundet. Das wüsste ich. Spionierst du ihr nach? Lass bloß meine Johanna in Ruhe, hörst du? Lass deine Hände von ihr!" Brigitte hatte sich in Rage geredet und ihre Augen blickten Tobias zornig an, während sie ihn immer noch an der Jacke gepackt hielt und an die Wand drückte.

„Lassen Sie mich los!", keuchte Tobias und versuchte sich Brigittes Griff zu entziehen.

„Von wegen! Du gehst nirgendwo hin!" Brigitte griff in seine Haare und zog Tobias mit aller Kraft Richtung Kellertür, die offen stand. Tobias schrie schmerzerfüllt auf, aber konnte sich nicht aus ihrem Griff befreien. Brigitte ließ seine Haare los und schubste den verwirrten Tobias in den Keller. Er konnte sich nirgendwo festhalten und fiel kopfüber die Kellertreppe hinunter...

Stefanie kam Zuhause an und kicherte immer noch. Da sah sie Johanna vor ihrer Tür sitzen.

„Johanna, warum sitzt du denn hier in der Kälte?"

„Ich wollte zu Tobi, aber er ist nicht da. Kann ich drinnen auf ihn warten?" Stefanie sah sofort, dass Johanna geweint hatte.

„Aber natürlich Liebes, komm herein und wärme dich erst einmal auf."

Stefanie schloss die Tür auf und sie gingen ins warme Haus.

„Ich wundere mich allerdings, warum Tobias nicht da ist. Als ich gefahren bin, war er auf seinem Zimmer und wir haben schon 21 Uhr. Wo kann er denn sein?" Stefanie schaute Johanna besorgt an. „Ist heute irgendetwas passiert?"

Johanna fing wieder an zu weinen und hielt sich die Hände vor ihr Gesicht.

„Es ist alles meine Schuld!", schluchzte sie und zitterte am ganzen Körper.

Stefanie setzte sich neben sie und nahm sie in den Arm. „Was ist denn passiert? Magst du mir das erzählen?"

Johanna erzählte ihr die ganze Geschichte und konnte Stefanie dabei nicht ins Gesicht sehen.

„Ich habe so eine Angst, dass meine Mutter das erfährt. Sie will, dass ich Jungfrau bleibe und würde mir niemals verzeihen, dass ich keine mehr bin..."

„Mütter wollen immer das Beste für ihre Kinder. Aber das ist manchmal nicht das, was die Kinder wollen."

„Meine Mutter würde mich am liebsten ins Kloster sperren. Sie hat mittelalterliche Vorstellungen...", sagte Johanna wütend.

„Wenn du möchtest, komme ich mit zu deiner Mutter und die Sache mit Sven und Nils bekommen wir auch in den Griff. Mach dir keine Sorgen, Liebes."

„Würden Sie das machen? Sie sind wirklich toll.", Johanna umarmte Stefanie und drückte sie fest an sich.

Beide verließen das Haus und gingen durch den dunklen Ort. Kein Mensch war mehr auf der Straße.

„Was ist denn mit deinem Vater? Hast du auch Angst vor ihm?", fragte Stefanie vorsichtig.

„Ich wohne mit meiner Mutter alleine. Meinen Vater kenne ich nicht. Meine Mutter mag keine Männer, nur den Herrn Pfarrer." Johanna verzog dabei das Gesicht. „Hier wohne ich". Sie waren vor einem kleinen Häuschen angekommen, das wohl aus dem 19. Jahrhundert war. Die Haustür war mit vielen Schnitzereien verziert und sah sehr massiv aus. Johanna schloss die Tür auf und ging ins Haus, Stefanie folgte ihr.

„Johanna? Bist du das?" Brigitte kam aufgeregt aus der Küche in den Flur und blieb abrupt stehen, als sie Stefanie sah. „Oh, Stefanie. Was machst du denn hier?", fragte sie irritiert.

„Mama, ich muss mit dir reden und damit du nicht ausflippst ist Stefanie mitgekommen."

Brigitte schaute jetzt mit weit aufgerissenen Augen von Johanna zu Stefanie und wieder zu Johanna. Ihr Gesicht wurde leichenblass und ihre Atmung schneller. Sie stützte sich mit einer Hand an der Wand ab, als würde sie gleich ohnmächtig werden.

„WAS IST PASSIERT?", fragte Brigitte langsam in einem eiskalten Ton.

„Mama, bitte reg dich nicht auf!", versuchte Johanna ihre Mutter zu beruhigen.

„Hat dich dieser Gottlose angefasst? Ich habe es gewusst. Oh Herr, warum meine Johanna?" Sie schaute zur Decke und faltete die Hände zum Gebet.

„War Tobias hier?", fragte Johanna erstaunt. „Wo ist er?"

„Tobias war hier?", fragte jetzt auch Stefanie. „Wo ist mein Sohn?"

„Nein, er war nicht hier!", log Brigitte.

Da hörte Stefanie Geräusche aus dem Keller. Es war Tobias Stimme und er rief etwas, aber sie konnte ihn nicht verstehen. Sie wollte sich an Brigitte vorbei drängen, aber diese versuchte sie aufzuhalten.

„Lass mich sofort los! Ich will zu meinem Sohn!"

„Der bleibt hier!", schrie Brigitte jetzt und ihre Augen funkelten böse. „Er ist von bösen Geistern besessen und ich werde sie ihm austreiben!"

„Du tickst ja nicht mehr richtig!", schrie jetzt auch Stefanie und drängte Brigitte mit aller Macht zur Seite. Sie riss die Tür auf, aber Brigitte hielt sie am Arm fest.

Von unten hörte sie Tobias rufen „Mama, hilf mir! Ich bin hier unten!"

Stefanie spürte wie die Wut in ihr hochkam. Sie drehte sich zu Brigitte um und schaute ihr direkt in die Augen. „Was hast du mit meinem Jungen gemacht?" Brigittes Gesicht war zu einer Fratze verzerrt und sie zischte „Was er verdient hat!" und zerrte an Stefanies Arm, um sie zurück zu halten. Da überkam Stefanie blanker Hass. Sie griff ebenfalls zu, bekam Brigittes Arm zu packen und zog mit aller Gewalt daran. Brigitte fiel nach vorne, taumelte, fiel kopfüber die Treppe herunter und blieb unten regungslos liegen. Johanna erschien im Türrahmen und sah ihre Mutter unten liegen.

„Mama!" Johanna lief an Stefanie vorbei die Treppe hinunter und beugte sich über ihre Mutter.

„Sie ist gestolpert und konnte sich nicht mehr halten. Ich bekam sie nicht mehr zu fassen.", sagte Stefanie mit einer gespielten Bestürzung und schaute sich nach Tobias um. Er war mit einem Kabelbinder an ein Heizungsrohr gefesselt und hatte eine Platzwunde am Kopf.

„Tobias! Geht es dir gut? Was ist mit deinem Kopf passiert?"

„Mir tut der Kopf weh, aber sonst geht es mir gut Mama. Ich will nur nach Hause."

„Ich rufe einen Krankenwagen", sagte Stefanie „Und die Polizei!".

Der Notarzt stellte bei Brigitte Tod durch Genickbruch fest und die Polizei nahm Stefanies und Johannas Aussage auf. Johanna hatte nicht gesehen, wie ihre Mutter gestürzt war, nur gehört wie sich die beiden Frauen stritten und sich ihre Mutter auf Stefanie gestürzt hatte. Aufgrund der Aussagen von Stefanie und Johanna ging die Polizei von einem Unfall aus. Tobias wurde ärztlich versorgt und mit dem Krankenwagen ins nahegelegene Krankenhaus gebracht. Dort sollte er zur Überwachung eine Nacht bleiben. Johanna stand unter Schock und Stefanie nahm sie mit zu sich nach Hause, damit sie nicht alleine im Haus blieb. Sie konnte im Gästezimmer wohnen, bis alles geregelt war.

„Kann ich dir irgendetwas Gutes tun? Ein Bad vielleicht?", fragte Stefanie sie besorgt.

„Nein danke… Ich kann es noch gar nicht glauben, dass meine Mutter tot ist. Und ich kann nicht glauben, dass sie Tobias in den Keller gesperrt hat. Sie war krank, glaube ich... Sie hat mir erzählt, dass sie damals vergewaltigt worden ist und sie dann mit mir schwanger war. Seitdem hat sie Männer gehasst und wollte mich am liebsten einsperren, damit mir das nicht auch passiert. Sie lebte nur noch für ihren Glauben."

Stefanie hatte aufmerksam zugehört und versuchte mit Brigitte Mitleid zu haben, aber sie sah immer diese Fratze vor sich, die ihren Sohn an ein Heizungsrohr gefesselt hatte. Nein, sie tat ihr nicht leid. Egal wie sehr sie es auch versuchte...

13

Die Beerdigung fand an einem Mittwoch statt. Viele
Menschen waren nicht auf dem kleinen Friedhof. Da
waren ein paar ältere Damen von der katholischen
Frauengemeinschaft, mit denen sich Brigitte regelmäßig getroffen hatte und Anette, Sabine und Elke. Stefanie hatte sich neben Elke gestellt und hörte Pfarrer
Frebel zu, der mit seiner Rede begonnen hatte. Es war
ihm natürlich zu Ohren gekommen, was passiert war
und er konnte es nicht fassen, dass ausgerechnet Brigitte, die jeden Sonntag in die Kirche kam und ihm oft
in der Messe geholfen hatte, so vom rechten Weg abgekommen war. Dennoch betonte er in seiner Grab-
rede ihre guten Seiten und dass sie eine wertgeschätzte
Christin gewesen sei. Er sprach Johanna sein Beileid
aus, die wie versteinert neben ihm stand. Stefanie
schaute unauffällig zu Anette und Sabine und sah, dass
diese sie beobachteten. Sie machte daraufhin ein be-
stürztes Gesicht und nickte ihnen zu. Anette und Sabine lächelten kurz zurück. Was für scheinheilige
Schlangen, dachte sich Stefanie, schaute wieder zu
Pfarrer Frebel und tat so als lausche sie ganz gebannt
seinen Worten. Als der Sarg hinunter gelassen war und
alle Anwesenden nacheinander Johanna ihr Beileid

ausgesprochen hatten, kamen Anette und Sabine zu Stefanie.

„Das muss ja schrecklich gewesen sein. Du Arme.", sagte Anette und schaute Stefanie mitleidig an. „Ich wusste schon immer, dass diese Brigitte gefährlich ist. Aber warum war Tobias eigentlich bei ihr Zuhause?", fragte sie neugierig.

„Das solltest du deine Söhne fragen!", antwortete Stefanie knapp, drehte sich um und ließ sie verdutzt stehen. Sie ging zu Johanna, die noch auf den Sarg starrte und legte den Arm um sie.

„Sollen wir zu Tobias gehen oder möchtest du etwas alleine sein?" Johanna schaute sie an. „Ja, ich möchte zu Tobias.", sagte sie leise und Beide gingen Richtung Ausgang des Friedhofs.

„Wenn du möchtest, kümmere ich mich um die Sache mit dem Video. Du brauchst deine Kraft jetzt für etwas anderes, Liebes.", schlug Stefanie ihr auf dem Heimweg vor. Sie gingen nebeneinander her und Johanna schaute sie dankbar an.

„Das wäre wirklich toll, wenn Sie das machen würden."

„Sag doch bitte du zu mir. Das Sie ist so förmlich.", sagte Stefanie und lächelte sie liebevoll an.

„Okay", antwortete Johanna und versuchte zurück zu lächeln. „Danke Stefanie."

„Du brauchst dich nicht zu bedanken, Liebes. Ich kümmere mich gerne um dich. Und gleich mache ich uns einen schönen heißen Tee."

Sie gingen ins Haus und Stefanie setzte das Teewasser auf, während Johanna zu Tobias ins Zimmer ging. Während das Wasser anfing zu kochen, überlegte Stefanie, wie sie an das Video kommen könnte. Hoffentlich hatten es die Zwillinge noch nicht online gestellt, das wäre eine Katastrophe, nicht nur für Johanna. Sie musste dieses Video in die Finger bekommen. Der Tee war fertig und Stefanie ging mit der Tasse nach oben. Sie klopfte an Tobias Zimmer und wartete, bis Tobias „komm rein" sagte. Tobias und Johanna lagen nebeneinander auf dem Bett und starrten die Decke an. Als Stefanie herein kam, setzte sich Johanna auf.

„Ich habe dir einen Kräutertee gemacht, der beruhigt die Nerven."

„Danke schön.", sagte Johanna und nahm ihr die Tasse ab. Dann ließ sie die Beiden wieder alleine.

Am nächsten Tag, als sich alle wieder etwas beruhigt hatten, ging Stefanie den beiden Teenagern nach, als sie von der Schule nach Hause kamen und direkt in Tobias Zimmer gingen.

„Ihr habt doch bestimmt die Handynummern von Sven und Nils, oder?", fragte Stefanie die Beiden.

„Ja, wieso?", antwortete Johanna erstaunt.

„Ich habe einen Plan, damit wir an das Video kommen. Habt ihr mal geschaut, ob es online ist?", fragte Stefanie und schaute abwechselnd von Johanna zu Tobias, der seine Mutter auch erstaunt anschaute.

„Nein, noch nicht. Was hast du denn vor?", fragte er neugierig, nahm sein Handy und öffnete die Facebook App. Er ging erst auf den Account von Sven und dann auf den von Nils und fand dort nur Fotos von teuren Autos.

„Noch haben sie das Video nicht hochgeladen", stellte er erleichtert fest.

„Gut, dann schreibe ihnen jetzt bitte, dass du dich morgen Nachmittag dringend mit ihnen treffen möchtest, Johanna. Schreibe ihnen, dass du dich über das Video unterhalten möchtest. Du möchtest ihnen ein Angebot machen!"

Johanna und Tobias schauten sie erstaunt und fragend an, aber Stefanie antworte nur: „Lasst mich mal machen." und verließ das Zimmer, um wieder nach unten zu gehen.

Als Stefanie Tobias Zimmer verlassen hatte, stand Tobias auf und sagte: „Ich finde, wir sollten das alleine durchziehen. Wie sieht das denn aus, wenn ich meine Mutter vorschicke. Dann liefere ich Ihnen ja nur wieder einen Grund mich zu schikanieren."

„Und was sollen wir machen?", fragte Johanna und schaute ihn ratlos an.

„Wir treffen uns mit ihnen und fragen, was sie für das Video haben wollen, damit sie es löschen.", schlug Tobias furchtlos vor.

„Meinst du wirklich, die lassen mit sich reden?", erwiderte Johanna niedergeschlagen und ließ sich rücklings auf das Bett fallen. „Die wollen sich doch nur wichtigmachen. Geld brauchen die nicht."

„Geld habe ich eh nicht. Aber vielleicht kann ich ihnen ein Tauschgeschäft vorschlagen."

„Was für ein Tauschgeschäft?", Johanna schaute ihn fragend an.

133

„Abwarten Jo…", sagte Tobias und legte sich neben sie auf das Bett. Als sie so dicht nebeneinander lagen, berührten sich ihre Hände und Johanna nahm seine Hand. Sie hatten seit der Sache in der Höhle kein Wort mehr darüber verloren und sich auch nicht mehr berührt. Jetzt drehte sich Johanna zu ihm um und kuschelte sich an Tobias. Er legte den Arm um sie und so blieben sie eine Zeitlang liegen.

Am Abend hatte Stefanie die Beiden zum Abendessen gerufen. Als sie alle am Tisch saßen, fragte Stefanie: „Hast du schon Antwort von Sven bekommen, Liebes?"

„Nein, noch nicht.", antwortete Johanna und schaute Tobias schuldbewusst an.

„Na gut, dann lasst uns erstmal essen. Besonders du Johanna musst etwas essen. Du bist ganz blass um die Nase."

„Ich habe keinen Hunger…", sagte Johanna und nippte an ihrem Tee.

Es war verständlich, dass sie keinen Bissen herunter bekam, dachte sich Stefanie. Das Mädchen hatte gestern ihre Mutter beerdigt. Sie würde schon essen, wenn sie sich wieder gefangen hätte. Jetzt brauchte sie erst einmal Ruhe und dann käme noch der ganze Ärger mit dem Jugendamt. Stefanie hatte sich schon mit einer Mitarbeiterin über die zukünftige Unterbringung unterhalten und angeboten, dass Johanna bei ihr bleiben könnte. Sie hatte genug Platz und Familie hatte Johanna keine, bei der sie hätte untergebracht werden können. Die Dame hatte sich vorerst einverstanden erklärt und gesagt, dass sie sich nach der Beerdigung wieder melden würde. Aber davon hatte Stefanie Johanna noch nichts erzählt. Das Mädchen hatte im Moment genug Kummer.

Die beiden Teenager gingen nach dem Essen wieder nach oben und Stefanie machte sich eine Flasche Wein auf. Sie hatte in den letzten Tagen so viel um die Ohren gehabt, dass sie gar nicht darüber nachgedacht hatte, was eigentlich passiert war. Sie hatte Brigitte bewusst die Treppe herunter geschubst und zuerst hatte sie sich deshalb ganz schrecklich gefühlt. Doch sie musste sich eingestehen, dass da doch ein Gefühl von Genugtuung war. Brigitte konnte sie und Tobias nicht mehr schikanieren. Vor ihr hatten sie endgültig Ruhe. Sie goss den Wein in das Weinglas, setzte sich auf die Couch und nahm genüsslich einen Schluck von dem leckeren Spätburgunder.

14

Am nächsten Tag, gegen 16 Uhr, gingen Tobias und Johanna schnellen Schrittes zu ihrem Geheimversteck im Wald. Sie hatten mit Sven verabredetet, dass sie sich in der Höhle treffen wollten, um über das Video zu sprechen. Als sie dort eintrafen, waren Sven und Nils schon da.

„Da seid ihr ja. Wir dachten schon, ihr habt es euch anders überlegt…", spottete Nils, der auf dem Boden auf einer Decke saß. Tobias sah das und musste daran denken, was Johanna und er noch vor kurzem unter dieser Decke gemacht hatten.

„Nein, haben wir nicht!", konterte Tobias und sah ihn selbstsicher an. Nils stand auf und stellte sich provokativ vor Tobias.

„Ich hatte ja gedacht, dass du einen besseren Geschmack hättest, Jo. Es mit so einem Versager zu treiben…", sagte Sven herausfordernd zu Johanna und schaute Tobias abwertend an. Er stellte sich ebenfalls vor Tobias und kam ihm immer näher.

„Hör auf Sven! Was habt ihr mit dem Video vor?",
wollte Johanna wissen und drängelte sich zwischen
Tobias und die Zwillinge. Sie hatte keine Angst vor
ihnen und würde es auch mit Beiden aufnehmen,
wenn sie müsste.

„Ich wüsste da schon was...", sagte Nils und grinste
Tobias fies an.

„Ich möchte euch ein Geschäft vorschlagen!", warf
Tobias ein, schob Johanna etwas zur Seite und stellte
sich vor Sven. „Ich werde tun, was ihr wollt, wenn ihr
das Video löscht."

„Bist du verrückt Tobi?" Johanna drehte sich zu ihm
um und schaute ihn mit aufgerissenen Augen an.

„Nein. Ich bin nicht verrückt. Also, was muss ich
tun?", fragte Tobias in einem sachlichen, ruhigen Ton.

Sven und Nils schauten sich an und überlegten.

„Klettere auf die Güterwaggons. Das gibt auch ein
geiles Video und bestimmt viele Likes.", sagte Nils
und lachte. „Aber das traust du dich ja eh nicht."

„Und ob ich mich das traue!", konterte Tobias und
schaute seinen Herausforderer ernst an.

„Nein Tobi, das ist viel zu gefährlich. Bitte lass das sein!" Johanna stellte sich jetzt direkt vor Tobias und starrte ihn angsterfüllt an. Er aber sah sie nicht an, sondern an ihr vorbei zu Sven.

„Okay", sagte Sven und grinste. „Dann zeig mal, wie mutig du bist, nicht nur mit dem Mund. Morgen Nachmittag an den Bahngleisen. Um 16 Uhr fährt der Güterzug jeden Tag in den Bahnhof ein und bleibt dort immer ein paar Minuten stehen, um den Zug aus Köln durchzulassen. Das reicht, um hoch zu klettern. Wenn du uns eine gute Show lieferst, dann lösche ich das andere Video."

„Abgemacht!", antwortete Tobias und schaute Johanna an, die kreidebleich geworden war. „Komm Jo, wir gehen."

„Wir werden sehen, was du drauf hast, du Opfer.", rief Nils ihm hinterher.

Als sie ein paar Meter gelaufen waren, versuchte Johanna ihn erneut von dieser Idee abzubringen.

„Das ist mega gefährlich, Tobi. Du kannst einen Stromschlag bekommen. Dabei sind schon einige gestorben! Ich will nicht, dass du stirbst! Hörst du?"

„Wir haben keine Alternative, Jo. Entweder ich mache das oder wir werden den Rest der Schulzeit verspottet. Ich will nicht, dass man über dich lacht!"

„Das wäre mir scheißegal, hörst du? Ich habe Angst um dich!"

„Das kriege ich schon hin.", antwortete Tobias selbstsicher. Johanna nahm seine Hand und sie gingen händchenhaltend nach Hause.

15

Der Vormittag war arbeitsreich gewesen und Stefanie musste sich mal wieder vor Thorstens Annäherungsversuchen retten. Er gab nicht auf und versuchte immer noch Stefanie ins Bett zu bekommen. Es amüsierte Stefanie jedes Mal aufs Neue, wie erstaunt Thorsten schaute, wenn er mit seinem Charme bei ihr nicht landete, wo er doch sonst alle Frauen ins Bett bekam. Stefanie aber blieb hart. Sie wollte nicht eine von vielen sein.

Es war in den letzten Tagen zu viel passiert, als dass sie über das Video von Andreas hätte nachdenken können. Jetzt war sie im Besitz von so brisantem Material und wusste noch nicht genau, was sie nun damit anstellen sollte. Seit der Beerdigung hatte sie Elke nicht mehr gesehen und überhaupt war der Kontakt sehr rar geworden. Deshalb beschloss sie Elke anzurufen und zu einem Kaffee einzuladen. Als sie bei ihr anrief, ging Elke schon nach ein paar Mal Klingeln ans Telefon.

„Hallo Stefanie, schön, dass du dich meldest. Wir hatten ja leider auf der Beerdigung keine Gelegenheit zu sprechen. Wie geht es Johanna?"

„Johanna macht vieles mit sich aus. Aber wie soll es einem Teenager gehen, der seine Mutter verloren hat? Sie isst nicht genug und wird immer dünner…"

„Oh je. Das tut mir alles so leid. Auch was dir und Tobias passiert ist. Ich hätte nie gedacht, dass Brigitte so gefährlich ist. Natürlich wussten wir alle, dass sie einen an der Klatsche hat, aber ich dachte, sie wäre so eine harmlose Spinnerin. Mein Gott, gut, dass Tobias nichts passiert ist! Wer weiß, was sie in ihrem Wahn noch getan hätte. Ich mag nicht darüber nachdenken…"

„Ich auch nicht, Elke. Glaube mir. Sie war fanatisch. Ich werde versuchen Johanna ein friedliches Heim zu bieten."

„Du willst sie aufnehmen?"

„Ja, warum nicht? Ich habe genug Platz und die Beiden verstehen sich gut." Stefanie wollte ihr nicht erzählen, wie gut sie sich verstanden, das wäre auch irgendwie merkwürdig herüber gekommen.

„Das finde ich sehr anständig von dir, Stefanie. Ich weiß nicht, ob ich das könnte. Na ja, Andreas würde das sowieso nicht gestatten." Bei den letzten Worten war Elke leiser geworden.

„Ist alles okay bei euch?", fragte Stefanie deshalb.

„Ja ja, alles gut. Er ist in letzter Zeit öfters am Wochenende abends mit Kunden essen. Dann habe ich meine Ruhe und kann meine Lieblingsfilme schauen." Stefanie hörte Elke lachen, aber das Lachen klang nicht so fröhlich, wie es klingen sollte.

Essen...so so...Das erzählte er Elke also, dachte sich Stefanie.

„Was würdest du tun, wenn du im Lotto gewinnen würdest, Elke?", fragte Stefanie spontan.

„Ich spiele gar kein Lotto. Aber wenn ich gewinnen würde, dann würde ich mir eine kleine Wohnung kaufen und sie nach meinem Geschmack einrichten. Weißt du, ich mag IKEA Möbel, aber so etwas will Andreas nicht im Haus haben. Das ist unter seinem Niveau, sagt er immer."

„Vielleicht gewinnst du ja doch noch im Lotto...", sagte Stefanie lächelnd und war sich sicher, dass Andreas sehr gerne eine kleine Wohnung für Elke einrichten würde – mit IKEA Möbeln. Er bräuchte nur etwas Motivation. Sie hatte eine Idee, was sie mit dem Video machen würde. „Und ich mag auch IKEA Möbel!", setzte Stefanie noch hinterher.

Beide Frauen lachten und Stefanie lud Elke für den kommenden Nachmittag auf einen Kaffee ein. Elke freute sich und versprach zu kommen.

Tobias und Johanna kamen nach Hause und Stefanie sah sofort, dass Johanna noch blasser war als sonst.

„Liebes, du musst etwas essen! Du wirst immer dünner und blasser. Das kann ich wirklich nicht mehr verantworten.", sagte Stefanie erschrocken.

„Ich werde nachher etwas essen. Versprochen!", antwortete Johanna und die Beiden gingen die Treppe hoch in Tobias Zimmer. Stefanie spürte, dass etwas nicht stimmte. Johanna hatte verängstigt ausgesehen und ihr Bauchgefühl hatte sie noch nie im Stich gelassen. Sie wollte wissen, was passiert war und tat etwas, was man eigentlich nicht machte – sie schlich die Treppe hoch und lauschte an Tobias Tür.

„Tobi, wir müssen einen anderen Weg finden.", hörte sie Johanna sagen. „Ich will das nicht!"

„Wir haben doch schon darüber gesprochen, ich werde das tun. Mein Entschluss steht fest!", erwiderte Tobias ernst.

„Dann werden wir was Anderes finden. Aber nicht die Waggons, bitte nicht...", flehte Johanna. Stefanie stockte der Atem. Waggons? Was war mit den Waggons? Sie hatte schon gelesen, dass Jugendliche als Mutprobe auf Waggons kletterten. Wollte Tobias so etwas auch machen? Das konnte sie auf keinen Fall zulassen, wenn dem so wäre. Sie musste herausfinden, was sie vorhatten.

„Ich will und werde nicht als Feigling dastehen, Jo. Das kannst du nicht von mir verlangen."

„Aber wenn du tot bist, dann hast du auch nichts davon!", erwiderte Johanna jetzt wütend.

Stefanies Herz schlug ihr bis zum Hals. Was hatten die Beiden vor? Hatten Sven und Nils etwas damit zu tun? Da hörte sie Schritte näher kommen und lief schnell ins angrenzende Bad.

„Da mache ich nicht mit!", sagte Johanna laut und riss die Tür auf.

„Musst du auch nicht!", rief Tobias ihr hinterher.

Johanna lief in das Gästezimmer und knallte die Tür hinter sich zu. Kurz daraufhin hörte Stefanie sie weinen. Sie war sich unsicher, ob sie ihr hinterher gehen und sie trösten sollte, aber dann wäre es klar gewesen, dass sie gelauscht hätte. Deshalb ging sie leise ins Wohnzimmer zurück. Wollte Tobias auf die Waggons klettern? Aber warum? Sie konnte das nicht zulassen und ging aufgeregt im Wohnzimmer auf und ab. Was sollte sie nur tun?

An diesem Abend kam keiner der Beiden aus seinem Zimmer und so schmierte Stefanie ein paar Brote und brachte sie den beiden Teenagern hoch. Sie hatte gehofft etwas von Johanna zu erfahren, aber sie schwieg. Sie bedankte sich nur für das Essen und drehte sich dann im Bett wieder zur Wand. Stefanie wollte aber auch nicht bohren und so verließ sie das Zimmer, immer noch im Ungewissen.

In der Nacht schlief Stefanie sehr unruhig und am nächsten Tag war sie auf der Arbeit äußerst unkonzentriert. Thorsten bemerkte das und schickte sie früher nach Hause. Als Elke am Nachmittag zum Kaffee vorbei kam, erzählte Stefanie ihr von ihrem Verdacht.

„Meinst du wirklich Tobias würde so etwas Dummes machen? Das ist doch lebensgefährlich?", fragte Elke nachdenklich.

„Ich kann dir nur sagen, was ich gehört habe…Was mache ich denn bloß?" Stefanie schaute Elke verzweifelt an.

„Frag ihn doch oder meinst du, er würde dir nicht die Wahrheit sagen?", wollte Elke wissen.

„Da bin ich mir nicht mehr so sicher. Außerdem weiß er dann, dass ich gelauscht habe. Das würde er sicher als Vertrauensbruch sehen."

„Schwierige Situation...Jedenfalls darf er das auf keinen Fall machen. Wenn ich mir vorstelle Maximilian würde das machen... Oh mein Gott, ich würde vor Angst sterben." Elke legte ihre Hand auf Stefanies Arm. „Sprich mit ihm!"

„Du hast wahrscheinlich Recht. Ich werde mit ihm reden.", sagte Stefanie entschlossen und ging in die Küche, um sich und Elke noch einen Kaffee aus dem Kaffeevollautomaten zu holen. Sie sah aus dem Fenster und sah Tobias und Johanna auf das Haus zugehen. Sie ging ihnen entgegen und öffnete die Haustür.

„Da seid ihr ja wieder. Wie war es in der Schule?", fragte Stefanie und versuchte ihre Sorge zu verbergen.

„Gut", sagte Tobias und hängte seine Jacke auf.

„Und was wollt ihr heute noch so machen?", hakte Stefanie nach.

„Wir müssen nachher nochmal weg.", antwortete Tobias und vermied seine Mutter anzusehen.

„Wohin denn?", bohrte diese nach.

147

„Zu `nem Kumpel", erwiderte Tobias nun genervt. „Warum fragst du?"

„Nur so….", log Stefanie und kämpfte mit sich, ob sie ihn darauf ansprechen sollte oder nicht. Sie tat es nicht und die Beiden verschwanden in Tobias Zimmer. Stefanie ging zurück in die Küche und holte die zwei Tassen, die dort schon fertig standen. Als sie wieder ins Wohnzimmer kam, sah Elke sie fragend an.

„Ich glaube, Tobias hat mich angelogen.", sagte Stefanie beunruhigt zu Elke.

„Wie kommst du denn darauf?"

„Tobias hat keinen Kumpel, zu dem er gehen könnte….", sagte Stefanie nachdenklich und nahm einen Schluck von ihrem Kaffee.

Kurz danach kamen die Beiden von oben herunter und Tobias rief in Richtung Wohnzimmer „Sind mal kurz weg…". Stefanie sah Elke entsetzt an.

„Was wenn sie jetzt zum Bahnhof gehen?"

„Dann gehen wir ihnen nach! Komm!" Elke schnappte sich ihre Jacke und ging zur Tür. Stefanie folgte ihr hastig. Auf der Straße sahen sie die Beiden in großem Abstand vor sich gehen und versuchten sich hinter den parkenden Autos zu verstecken, damit Tobias und Johanna sie nicht sahen, falls sie sich umdrehen würden. Aber das taten die beiden Teenager nicht. Sie waren zu vertieft in ein Gespräch und gingen schnellen Schrittes voran. Stefanie und Elke folgten ihnen unauffällig. Am Bahnhof angekommen gingen Tobias und Johanna auf die Zwillinge zu, die dort schon warteten.

„Das hätte ich mir denken können, dass die Zwillinge etwas damit zu tun haben!", zischte Stefanie wütend. „Wo die sind, da ist Ärger!"

„Warten wir mal ab, was sie vorhaben…", flüsterte Elke ihr zu und blieb hinter einem Auto in sicherer Deckung. Sie konnte von dort aus beobachten, wie die vier Jugendlichen zu dem Bahnsteig gingen und dort warteten. Nach ein paar Minuten schlossen sich die Schranken am Bahnübergang und dann fuhr langsam ein Güterzug mit vielen Waggons in den Bahnhof ein und hielt quietschend an.

„Ich rufe jetzt die Polizei!", beschloss Elke aufgeregt und wählte die 110 auf ihrem Handy.

Die Zwillinge redeten jetzt auf Tobias ein und Johanna hielt ihn am Arm fest. Tobias aber riss sich los und mit Entsetzen sah Stefanie, wie er zwischen die Wag-

149

gons stieg und über die Leiter auf einen Waggon hochklettern wollte. Nils filmte unterdessen mit seinem Handy das gefährliche Unterfangen. Stefanies Herz raste wie wild. Sie konnte nicht einfach tatenlos dabei zusehen, wie sich ihr Sohn in Lebensgefahr begab. Sie musste etwas unternehmen. Wer weiß, wann die Polizei eintraf und auch wenn Tobias nachher sauer auf sie war, weil sie ihm hinterher spioniert hatte, sie musste eingreifen. Deshalb kam sie aus ihrer Deckung, rannte so schnell sie konnte auf den Bahnhof zu und schrie dabei „Tobias NEIN! Komm da runter!"

Die Zwillinge drehten sich um und sahen Stefanie auf den Bahnsteig zulaufen. Sie wollten an ihr vorbei laufen, um den Bahnsteig zu verlassen, aber Stefanie packte Nils an der Jacke und hielt ihn fest.

„DU BLEIBST HIER!" schrie sie ihn an. Er versuchte sich loszureißen, aber sie hielt ihn mit aller Kraft fest. Als er nicht aufhörte zu zappeln, drehte sie ihm kurzerhand den Arm hinter dem Rücken um. Nils schrie auf und Stefanie fauchte ihn an:

„Dann halt gefälligst still!"

Tobias war mittlerweile auf dem Waggon und sah jetzt seine Mutter unten stehen und Nils festhalten. Vor

Schreck legte er sich flach auf den Waggon, um nicht von ihr gesehen zu werden.

Da hörte Stefanie schon die Polizeisirene und der Streifenwagen hielt vor den Schranken an. Zwei Polizisten kamen angerannt und erfassten schnell die Situation. Der eine schnappte sich Sven, der versucht hatte davon zu laufen, aber von Elke festgehalten worden war und der andere Polizist übernahm jetzt Nils. Elke hatte sich, um Sven festzuhalten, sein Ohr geschnappt und kräftig dran gezogen. Sven rieb es sich jammernd.

„Wo ist Tobias?", rief Stefanie atemlos und sah zu Johanna, die noch immer vor dem Waggon stand und nach oben schaute.

„Er ist noch oben!", schrie Johanna entsetzt, denn der Zug setzte sich langsam wieder in Bewegung. Panik erfasste Stefanie und sie überlegte rasend schnell, was sie tun konnte. Sie musste den Zug aufhalten! Er durfte nicht mit ihrem Tobias auf dem Waggon losfahren! Ohne zu überlegen, rannte sie den Bahnsteig bis zum Ende, überholte die langsam rollende Diesellokomotive, sprang beherzt auf die Gleise und stellte sich mit weit auseinander gebreiteten Armen vor die Lok, damit diese nicht weiterfahren konnte.

„NEIN, STOPP!", schrie sie verzweifelt.

Der Zug hielt quietschend wieder an und Tobias kletterte schnell von dem stehenden Zug herunter.

Die Polizei nahmen Sven, Nils, Johanna und Tobias mit auf die Wache und ihre Aussagen wurden zu Protokoll genommen. Sven und Nils stellten sich dumm und behaupteten, dass sie nichts mit der Sache zu tun hätten. Sie wären angerufen und zum Bahnhof zitiert worden, behaupteten sie. Zu ihrem Pech hatten sie aber noch eine Tüte Marihuana und einige Pillen der Designerdroge „Bull" in der Jackentasche und wurden deshalb in Gewahrsam genommen. Tobias und Johanna durften wieder mit Stefanie nach Hause gehen, die mittlerweile mit ihrem Auto zur Polizeiwache gekommen war. Es wurde ihr gesagt, dass Tobias und sie eine Anzeige wegen gefährlichen Eingriffs in den Bahnverkehr bekämen.

Auf der Rückfahrt sagte keiner ein Wort, alle Drei waren noch geschockt von den Ereignissen. Zuhause angekommen, wollten Tobias und Johanna nach oben gehen, da sagte Stefanie bestimmt:

„Ihr bleibt hier! Wir müssen reden!"

Johanna und Tobias setzten sich mit gesenkten Köpfen auf die Couch und warteten auf das Donnerwetter.

„Was habt ihr euch dabei gedacht? Du hättest tot sein können, Tobias! Wie kommst du auf eine so blöde Idee?", platzte es aus Stefanie heraus. Sie ging vor den Beiden auf und ab und ihr Gesicht war ganz rot vor Erregung. „Ich höre..."

„Mama, ich musste das tun. Sven und Nils wollten das Video löschen, wenn ich auf den Waggon klettere..."

Jetzt setzte sich Stefanie auf einen Stuhl, legte eine Hand auf den Mund und starrte aus dem Fenster. Die beiden Teenager schauten sie an und warteten.

„Ich kann verstehen, warum du es getan hast Tobias, aber du hättest zu mir kommen sollen. Ich hatte euch doch gesagt, dass ich das regeln werde. Warum habt ihr es im Alleingang gemacht?"

„Ach Mama, ich bin kein Baby mehr!", sagte Tobias protestierend. „Es ist ja nichts passiert. Und Nils hat sein Handy verloren…", Tobias grinste und hielt das Handy triumphierend hoch. „Ich habe es aufgehoben und eingesteckt."

„Du wirst großen Ärger bekommen. Das ist keine Bagatelle auf einen Güterzug zu klettern, sondern eine Straftat! Und ich bekomme wahrscheinlich auch großen Ärger, weil ich vor den Zug gerannt bin. So unnö-

tig….Und von mir bekommst du auch eine Strafe!
Nur damit du es weißt!" Stefanie atmete tief durch und
beruhigte sich langsam wieder.

„Aber das mit dem Handy hast du gut gemacht…"
setzte Stefanie noch hinterher und seufzte. Sie würden
auch dieses Problem gelöst bekommen.

16

Am nächsten Tag ging Stefanie nach der Arbeit zur Bank und bat um ein Gespräch mit Herrn Schneider. Die junge Frau ging in Andreas Büro und kurz darauf kam er aus seinem Büro und schaute überrascht, als er Stefanie erblickte.

„Oh, Frau Reimann, was kann ich für Sie tun?", sagte er förmlich und Stefanie sah, dass er noch Brötchenkrümel am Mund hatte. Sie fasste sich mit ihrem Finger an ihren Mund und sah ihn dabei an. Er verstand und wischte sich räuspernd den Mund mit der Hand ab. Man konnte ihm ansehen, dass ihm das peinlich war.

„Am besten gehen wir in ihr Büro.", sagte Stefanie lächelnd und schaute ihn provokativ an.

„Ja.. natürlich....ähm...folgen Sie mir bitte."

Sie hatte ihn aus seinem Konzept gebracht und er war plötzlich überhaupt nicht mehr so selbstsicher, wie er sonst wirkte.

„Setzen Sie sich doch bitte, Frau Reimann. Also was kann ich für Sie tun?" Andreas packte schnell sein halb aufgegessenes Brötchen in die Schublade und wischte die Krümel vom Schreibtisch. Stefanie hatte plötzlich Kopfkino und sah ihn mit der Schweinemaske. Grunz, Grunz...Sie gluckste und hielt sich die Nase zu, um nicht laut auf zu lachen. Andreas war sichtlich irritiert und schaute sie verwirrt an. Stefanie räusperte sich.

„Ich habe ein Anliegen.", sagte sie nun ganz ruhig. „Mein Sohn und ich wurden gestern bei einer dummen Sache verhaftet und uns droht eine Anzeige."

Andreas hörte ihr zu und sie sah, dass er nicht verstand, was sie von ihm wollte.

„Sie haben doch einen guten Draht zu den Gemeinderatsmitgliedern, nicht wahr? Soviel ich weiß, ist doch Polizeihauptmeister Meier auch im Gemeinderat, richtig?"

„Ich weiß nicht, was sie von mir wollen, aber ich glaube, ich kann ihnen da nicht helfen, Frau Reimann." Andreas hatte sich in seinem Ledersessel zurückgelehnt und schaute sie jetzt wieder mit seinem blasierten Gesichtsausdruck an.

„Oh, das glaube ich doch.", sagte Stefanie und lächelte ihn an. „Sagt Ihnen Lady Morena etwas?"

Andreas war bei dem Namen zusammengezuckt und seine Augen blinzelten hektisch.

„Nein, der Name sagt mir nichts", log er und schaute verlegen auf seine gefalteten Hände.

„Das denke ich doch!", widersprach Stefanie und schaute Andreas unbeirrt an. „Ich habe da interessante Beweise, dass sie sehr wohl wissen, von wem ich rede und ihnen die Adresse in Euskirchen sehr vertraut ist." Sie beugte sich zu ihm vor und grinste ihn an. „Also nochmal… Haben Sie einen guten Draht zu Polizeihauptmeister Meier?"

Andreas räusperte sich, überlegte kurz und erwiderte dann „Ja, ich kenne ihn sehr gut. Was wollen Sie von mir?"

„Geht doch…", grinste Stefanie „Ich möchte, dass sie Folgendes für mich tun. Die Anzeige gegen meinen Sohn und mich wird fallen gelassen. Außerdem möchte ich, dass die Zwillinge nicht von ihren reichen Eltern freigekauft werden. Sie sollen ihre gerechte Strafe bekommen. Haben wir uns verstanden?"

Andreas hatte jetzt Schweißperlen auf seiner Halbglatze und sah sehr mitgenommen aus. Eine Schweißperle lief ihm am Auge vorbei und bahnte sich seinen Weg über seine Wange. Er wischte sie sich hektisch ab. „Ich werde sehen, was ich tun kann."

Stefanie blickte ihn herausfordernd an.

„Falsch. Sie werden es genauso machen! Ansonsten werden alle erfahren, wo sie samstags hinfahren! Haben wir uns verstanden?"

„Ja...", sagte Andreas zerknirscht und presste die Lippen zusammen.

„Prima", freute sich Stefanie und stand auf. „Ich freue mich, dass Sie so kooperativ sind. Auf Wiedersehen." Sie verließ lächelnd sein Büro.

Als sie die Bank verlassen wollte, kam ihr Jürgen entgegen. Er blieb stehen und grinste sie an.

„Oh Hallo, lange nicht gesehen. Gehen Sie mir fremd?", fragte Jürgen leise und beugte sich dabei zu ihrem Ohr.

„Wie bitte?", fragte Stefanie irritiert.

„Na, weil Sie nie zu mir in die Apotheke kommen.", antwortete Jürgen lachend.

„Ach so…" Jetzt musste auch Stefanie lachen.

„Ich bin halt selten krank.", gab sie zurück.

„Pech für mich…", antwortete Jürgen zwinkernd und ging zum Bankschalter.

Stefanie schüttelte lächelnd den Kopf und verließ die Bank. Dieser Jürgen baggerte wirklich jede Frau an. Wie hielt das Sabine nur aus?

Zwei Wochen später kam ein Schreiben von der Staatsanwaltschaft, dass das Verfahren eingestellt worden war und Tobias konnte sein Glück kaum fassen. Er versprach ihr hoch und heilig, dass er so etwas nie wieder tun würde und auch Johanna freute sich, dass alles so gut ausgegangen war. Für die Zwillinge ging es nicht so gut aus. Sie hatten eine Anzeige wegen Besitzes von Rauchgift bekommen und wurden zu einer Jugendstrafe von einem Jahr ohne Bewährung verurteilt. Anettes Mann Michael hatte den besten Anwalt engagiert, aber der Richter hatte sich nicht beirren lassen. Rauschgift und Designerdrogen waren kein Kavaliersdelikt und der Richter folgte dem Antrag des Staatsanwalts, die Strafe nicht auf Bewährung auszusetzen, weil er der Meinung war, die Angeklagten zeigten keine Reue. Stefanie hatte von Elke gehört, dass der Richter mit Andreas zum Golfen ging…

Als Stefanie ein paar Tage später beim Einkaufen auf Anette traf, drehte sich diese schnell weg und versteckte sich hinter einem Regal. Stefanie amüsierte sich köstlich darüber und ging grinsend zur Kasse.

Am Nachmittag rief sie Elke an, um sie zu fragen, wie es ihr ging. Ihre Freundin erzählte ihr unter Tränen die Neuigkeit.

„Ach Stefanie, ich weiß überhaupt nicht, was los ist. Andreas ist in den letzten Wochen so abscheulich zu mir und Maximilian, er ist schlimmer denn je. Gestern hat er Maximilian geschlagen, weil er eine vier in Mathe geschrieben hat. Ich bin dazwischen gegangen und da hat er mich weg geschubst. Ich habe mir eine dicke Prellung am Oberschenkel geholt. Außerdem will er nicht, dass ich weiterhin Kontakt mit dir habe. Sollte ich dich nochmal treffen, würde er mich vor die Tür setzen. Ich verstehe das alles nicht...", schluchzte Elke.

Stefanie hatte sich der Magen bei Elkes Worten umgedreht. Jetzt ließ Andreas seine ganze Wut an Elke aus. Das hatte sie nicht bedacht.

„Das tut mir so schrecklich leid, Elke. Du kannst bei mir wohnen, wenn du willst.", bot sie ihrer Freundin an.

„Das ist lieb von dir, aber ich lasse Maximilian nicht alleine. Und du hast doch schon Johanna bei dir im Haus."

„Maximilian kommt natürlich auch mit."

„Nein, nein...das geht nicht. Das würde Andreas nur noch wütender machen. Ich versuche ihn nicht zu provozieren, dann ist er umgänglicher...", wiegelte Elke ab.

Stefanie merkte, wie die Wut in ihr hochkam. Dieser kleine, erbärmliche Wicht besaß die Frechheit seine Wut an ihrer Freundin und seinem Sohn auszulassen. Das kam einer Kriegserklärung gleich. Aber noch war Elke nicht bereit ihre Konsequenzen daraus zu ziehen. Da musste Stefanie härtere Geschütze auffahren, um ihre Freundin zur Vernunft zu bringen.

„Aber telefonieren können wir doch, oder?", fragte Stefanie missmutig.

„Ich melde mich...okay?", antwortete Elke zerknirscht.

Stefanie spürte Elkes Angst und sie wollte ihr unbedingt helfen. Nur musste sie vorsichtig sein, sie durfte Andreas nicht unterschätzen. Er war vielleicht erbärmlich, aber er war nicht ungefährlich. Sie musste wohlüberlegt und raffiniert vorgehen.

17

Es war ein sonniger Morgen im Spätsommer als Tobias und Johanna mit dem Rad auf dem Weg zur Schule waren. Sie fuhren nebeneinander auf der Fahrbahn, da kein Auto auf der Straße unterwegs war und unterhielten sich dabei. Sie mussten kräftig in die Pedale treten, da es ziemlich steil bergauf ging und stachelten sich dabei gegenseitig an, wer die Anhöhe am schnellsten schaffen würde. Sie hatten nicht bemerkt, dass sich von hinten ein Auto genähert hatte. Er fuhr langsam hinter ihnen her. Johanna bemerkte es als Erste.

„Warum überholt der denn nicht?", fragte Johanna genervt.

„Keine Ahnung. Vielleicht traut er sich nicht, der Spinner. Ich mache ihm mal Platz.", sagte Tobias, der links von Johanna fuhr. Er hörte auf zu treten und ließ sich zurück fallen, um hinter Johanna zu fahren. Doch das Auto überholte sie dennoch nicht. Es fuhr in ihrem Tempo weiter hinter ihnen und hielt den gleichen Abstand. Tobias drehte sich auf dem Fahrrad um und versuchte zu erkennen, wer der Fahrer war, aber konnte aufgrund der tiefstehenden Sonne, die ihm entgegen schien, nichts erkennen. Er gestikulierte mit dem linken Arm, dass er doch vorbeifahren soll, aber der Wagen blieb hinter ihnen. Plötzlich hielt das Auto an und blieb stehen. Tobias, der das sah, weil er immer wieder nach hinten geschaut hatte, trat kräftig in die Pedale, um wieder neben Johanna zu fahren. Nach einer kurzen Weile näherte sich das Auto erneut, diesmal mit sehr hoher Geschwindigkeit und rammte Tobias Fahrrad mit voller Wucht. Tobias, der nicht mehr ausweichen konnte, wurde nach vorne geschleudert, über sein Fahrrad hinweg und blieb regungslos auf der Straße liegen. Das Auto raste an ihnen vorbei und Johanna konnte nur noch schnell erkennen, dass es ein schwarzer BMW war und das Kennzeichen mit EU-NE begann. Sie lief zu Tobias und kniete sich neben ihn.

„Tobi, ist alles okay mit dir? Sag doch was!"

Tobias öffnete die Augen und schaute sie an.

„Kannst du dich bewegen? Tut dir irgendetwas weh?", fragte Johanna besorgt.

„Mein Kopf ....ohhh...." Tobias stöhnte vor Schmerz.

„Bleib ruhig liegen, Tobi. Ich rufe einen Krankenwagen…", sagte Johanna aufgeregt und wählte schnell die Notrufnummer mit ihrem Handy.

Der Krankenwagen kam zehn Minuten später und brachte ihn ins Krankenhaus nach Mechernich. Dort stellte man eine Schlüsselbeinfraktur und ein Schädel-Hirn-Trauma fest. Stefanie erfuhr durch Johanna von dem Unfall und kam sofort ins Krankenhaus geeilt.

„Wie ist denn das passiert?", wollte sie wissen.

„Der Typ in dem Auto hat Tobi mit voller Absicht angefahren! Der fuhr erst hinter uns und wollte nicht überholen, obwohl Tobi ihm Platz gemacht hat. Dann hat er noch angehalten und wir dachten, er hat sich vielleicht verfahren und muss nochmal nachschauen. Auf jeden Fall kam der plötzlich angerast und hat Tobi gerammt. Er ist noch nicht einmal stehen geblieben und hat nachgesehen, was mit Tobi ist! Er ist einfach weiter gefahren..." Johanna schluchzte und fiel Stefanie in die Arme. „Ich hab solche Angst um ihn gehabt." Stefanie hielt die weinende Johanna im Arm, die noch nicht fassen konnte, was passiert war.

„Wo ist Tobi jetzt?", fragte Stefanie behutsam, weil sie spürte, dass Johanna unter Schock stand.

165

„Er wird gerade operiert.", antwortete Johanna und schluchzte erneut auf.

„Ganz ruhig, meine Liebe. Alles wird wieder gut.", versucht sie Johanna zu beruhigen. „Ich suche jetzt einen Arzt, um Näheres zu erfahren. Setzt dich bitte hier hin. Ich komme sofort wieder.", sprach Stefanie und setzte Johanna auf einen Stuhl.

Stefanie fand eine Krankenschwester, die ihr sagen konnte, welche Verletzungen Tobias genau hatte und bat sie im Warteraum zu bleiben. Nach zwei Stunden kam sie zurück und teilte ihr mit, dass Tobias auf der Intensivstation liegen würde. Sie führte Stefanie und Johanna zu seinem Zimmer und sie durften kurz zu ihm. Stefanie traten Tränen in ihre Augen, als sie ihn sah. Er sah sehr mitgenommen aus, hatte mehrere Schürfwunden im Gesicht und war noch immer nicht bei Bewusstsein.

„Warum ist er noch nicht wieder wach?", fragte Johanna die Krankenschwester besorgt. „Müsste er nicht schon wieder bei Bewusstsein sein?"

„Er hat eine schwere Kopfverletzung und wir müssen abwarten. Die Ärzte haben jetzt erst einmal seine Schulterverletzung operiert. Jetzt müssen wir ihm Ruhe gönnen.", sagte die Schwester freundlich.

„Was heißt das? Wie lange wird er denn bewusstlos sein?", fragte Stefanie mit zittriger Stimme.

„Das kann ich Ihnen nicht sagen. Sein Gehirn hat einen schweren Schlag bekommen und muss sich erholen.", antwortete die Krankenschwester. „Geben Sie ihm Zeit." Sie legte ihre Hand auf Stefanies Arm und sah sie mitfühlend an. Dann verließ sie das Krankenzimmer.

„Wir kommen heute Nachmittag nochmal zu dir, schlafe jetzt ein bisschen.", flüsterte Stefanie und streichelte ihm liebevoll übers Haar. Es tat ihr so weh ihren Sohn dort liegen zu sehen und am liebsten hätte sie auch geweint. Als sie von dem Unfall erfahren hatte, war ihr fast das Herz stehen geblieben und sie hatte alles stehen und liegen gelassen, um zu ihm ins Krankenhaus zu fahren. Thorsten hatte sie noch gefragt, ob sie überhaupt in Lage wäre alleine Auto zu fahren, aber sie hatte gesagt, dass sie das schaffen würde. Aber es kostete sie viel Kraft stark zu bleiben.

Stefanie und Johanna verließen das Krankenhaus und sprachen im Auto nochmal über den Hergang des Unfalls. Stefanie wollte wissen, ob sich Johanna an irgendetwas Wichtiges erinnern konnte.

„Ich weiß nur, dass es ein schwarzer BMW war und das Kennzeichen fing mit EU-NE an. Aber mehr weiß ich leider nicht mehr. Das ging alles so schnell...", seufzte Johanna.

„Ein schwarzer BMW sagst du?", Stefanie hielt den Atem an. Andreas fuhr einen schwarzen BMW. War das ein Zufall? Oder hatte es Andreas auf Tobias abgesehen, um sich an ihr zu rächen? War es geplant gewesen oder hatte er die Chance genutzt, die sich ihm bot? Konnte er so abgebrüht sein und ein Kind anfahren? Wäre er in der Lage so weit zu gehen? Sie musste unbedingt mit Elke reden, so schnell wie möglich.

Als sie Zuhause ankamen, ging Johanna in ihr Zimmer, um sich etwas hinzulegen und Stefanie nutzte die Gelegenheit um in Ruhe zu telefonieren. Sie wählte Elkes Nummer und wartete. Nach ein paar Mal klingeln ging Elke dran und Stefanie kam direkt zur Sache.

„Dein Mann fährt doch einen schwarzen BMW, richtig?"

„Ja wieso?", fragte Elke erstaunt.

„Kennst du das Kennzeichen?", bohrte Stefanie nach.

„Ja, EU-NE 968. Wieso fragst du?"

Stefanie war auf das Sofa gesunken und konnte kein Wort herausbringen.

„Stefanie, was ist denn los? Ist etwas passiert?", wollte Elke beharrlich wissen.

In Stefanies Kopf drehten sich die Gedanken blitzschnell und sie war unfähig ein Wort herauszubringen.

Andreas hatte ihren Sohn angefahren! Wollte er ihn umbringen oder sollte es eine Warnung sein? Wollte er sie damit mundtot machen? Oder war es vielleicht doch nur ein Unfall? Aber Johanna hatte erzählt, dass er vorher angehalten hatte. Das hörte sich nicht nach Unfall an...

„Bist du noch da Stefanie?", wollte Elke wissen.

Stefanie atmete tief ein und erzählte Elke dann von dem Unfall. Elke hatte still zugehört und als Stefanie fertig war, sagte sie entschlossen:

„Ich bin gleich bei dir!" und legte auf.

Sie saß fünf Minuten später neben Stefanie auf dem Sofa und sie hielten schweigend jeweils eine Tasse Kaffee in ihren Händen. Elke brach als erstes das Schweigen.

„Ich traue ihm ja viel zu, aber dass er jemanden absichtlich anfährt, das kann ich nicht glauben. Aber heute Morgen musste er zu einer Sitzung in die Hauptstelle... von der Zeit her könnte es also passen..." Sie holte tief Luft und stellte die Tasse auf dem Tisch ab. „Wenn das wirklich stimmt, dann werde ich ihn verlassen."

„Wir waren noch nicht bei der Polizei. Das wollte ich gleich erledigen. Erst musste ich wissen, was passiert ist und wie es meinem Sohn geht."

„Ich komme mit zur Polizei, wenn du möchtest.", bot sich Elke an.

„Wirklich? Bist du dir sicher?", fragte Stefanie ungläubig.

„Ja. Ich bin mir sicher. Ich will wissen, ob er es war. Ich werde nicht mehr die Augen verschließen.", erwiderte Elke entschlossen. Sie nahm ihre Freundin in den Arm und flüsterte: „Es tut mir so leid..."

Sie fuhren kurze Zeit später zur Polizeiwache und gaben eine Anzeige auf. Der Polizist nahm alle Informationen auf und teilte ihnen mit, dass er noch heute den schwarzen BMW von Andreas begutachten würde, ob man eventuelle Schäden von einem Unfall mit einem Fahrrad erkennen könnte. Elke blieb die ganze Zeit tapfer und Stefanie war sehr stolz auf sie. Als sie aus der Polizeiwache heraus kamen, wirkte Elke aber sehr niedergeschlagen.

„Wenn Andreas erfährt, dass ich mit dir auf der Polizeiwache war, wird er ausrasten. Ich weiß gar nicht, ob ich überhaupt noch nach Hause kann."

„Das musst du nicht. Du kannst zu mir kommen!", beteuerte Stefanie und nahm ihre Hand.

„Aber ich will mich nicht vor ihm verstecken müssen, verstehst du? Ich will ihm entgegen treten und keine Angst vor ihm haben. Und wenn er das wirklich getan hat, dann will ich ihm sagen, was für ein Schwein er ist!"

„Das halte ich für keine gute Idee...", sagte Stefanie besorgt.

Der Polizist fuhr tatsächlich noch am selben Tag zu Andreas. Gegen 17 Uhr stand er bei ihm vor dem Haus und da der BMW in der Einfahrt stand, hatte dieser genügend Zeit, um sich den Wagen in Ruhe anzusehen. Es befanden sich tatsächlich, vorne an der Stoßstange, tiefe Kratzer im schwarzen Lack, die sehr frisch aussahen. Er klingelte an der Haustür und Andreas öffnete ihm. Als der Polizist ihn auf die Kratzer ansprach, wich Andreas aus und meinte, dass er wegen der tiefstehenden Sonne etwas von der Straße abgekommen wäre und die Leitplanke touchiert hätte. Der Polizist forderte ihn auf, zur Wache zu kommen um seine Aussage zu Protokoll zu geben, machte Fotos von der Stoßstange und fuhr wieder weg.

Als Elke kurze Zeit später nach Hause kam, saß Andreas vor dem Fernseher und schaute Börsennachrichten. Sie hängte ihre Jacke auf und ging zu ihm.

„Andreas, wir müssen reden.", sagte sie bestimmt und stellte sich vor den Fernseher.

„Jetzt nicht. Du siehst doch, dass ich gerade eine interessante Sendung schaue. Geh mir aus dem Bild, Elke!"

„Nein, das werde ich nicht tun. Hast du Tobias auf dem Fahrrad angefahren, als du heute Morgen nach Schleiden gefahren bist?", fragte Elke ihn geradeheraus.

„Wie bitte? Was soll ich getan haben? Einen Radfahrer angefahren? Hat dir das diese Stefanie erzählt? Hatte ich dir nicht den Kontakt mit ihr untersagt? Siehst du wozu diese Person fähig ist? Sie stachelt dich gegen mich auf. Feine Freundin hast du da...", entgegnete Andreas aufgebracht, stand auf und ging in die Küche. Elke stand verwirrt da und wusste nicht, was sie glauben sollte. Sie überlegte kurz und öffnete dann die Haustür, um sich den BMW anzusehen, der immer noch in der Einfahrt stand. Sie sah die Kratzer, ging wütend ins Haus zurück um nochmal mit Andreas zu reden.

„Woher stammen dann die Kratzer an deiner Stoßstange? Die waren gestern noch nicht da!", stellte sie ihn in der Küche zur Rede.

„Meine Güte, muss ich mich vor dir jetzt schon rechtfertigen? Ich bin kurz gegen die Leitplanke gekommen, weil ich durch einen Anruf abgelenkt war. Es reicht Elke!", sagt er in einem scharfen Ton und ließ sie stehen. Elke ging irritiert nach oben ins Schlafzimmer, schloss die Tür ab und setzte sich auf das Bett. Sie nahm ihr Handy und rief Stefanie an.

„Ich muss leise sprechen, er darf mich nicht hören. An dem BMW sind Kratzer an der vorderen Stoßstange, aber er behauptet, die wären von der Leitplanke. Ich bin mir nicht sicher, ob er es war Stefanie.", flüsterte sie in den Hörer.

„Weißt du, ob die Polizei schon bei ihm war?", wollte Stefanie wissen.

„Nein, davon hat er nichts erzählt. Das ist auch etwas merkwürdig. Oder der Polizist war noch nicht da..."

„Ich werde morgen nach der Arbeit nochmal zur Polizei fahren und dann werde ich erfahren, ob die Polizei die Kratzer gesehen hat. Leg jetzt besser auf, bevor er es bemerkt, Elke. Du solltest kein Risiko eingehen." Stefanie machte sich Sorgen um ihre Freundin. Sie wollte auf keinen Fall, dass sie ihretwegen Ärger oder eventuell sogar Schläge bekam.

„Bis morgen", flüsterte Elke und legte auf.

Am nächsten Tag fuhr Stefanie nach der Arbeit direkt ins Krankenhaus zu Tobias und erfuhr, dass er immer noch auf der Intensivstation lag. Stefanie setzte sich auf den Stuhl neben seinem Bett und betrachtete ihren Sohn. Er sah aus, als ob er schlief. Nur das Piepen der Überwachungsapparate erinnerte sie daran, dass er im Koma lag. Sie nahm seine Hand und konnte die Tränen nicht mehr zurück halten. Sie wollte stark bleiben, für ihn, aber ihn so zu sehen, brach ihr das Herz. Ihr liefen die Tränen über das Gesicht, als sie ihm zuflüsterte „Bitte komm zurück zu mir, mein Schatz…"

Als Stefanie nach einer halben Stunde das Krankenhaus verließ und zu ihrem Auto ging, hing ein Zettel hinter ihrem Scheibenwischer. Sie nahm ihn ab und entfaltete ihn. Auf dem Zettel stand mit dem PC geschrieben:

„Wenn du nicht aufhörst deine Nase in Angelegenheiten zu stecken, die dich nichts angehen, überlebt es dein Sohn beim nächsten Mal vielleicht nicht."

Stefanie stand da und starrte auf den Zettel. Sie konnte nicht glauben, was sie da las. Andreas war offensichtlich zu allem bereit, um seine privaten Angelegenheiten geheim zu halten und er wollte ihr Angst machen. Sie durfte sich auf keinen Fall von ihm einschüchtern lassen, dann hätte er gewonnen. Aber sie musste höllisch aufpassen, was sie tat, um nicht andere zu gefährden. Er hatte diesmal eine Grenze überschritten und jetzt war sie am Zug. Er würde für seine Taten büßen…

Stefanie fuhr auf direktem Weg zu Elke und klingelte. Sie hoffte, dass Elke zu Hause war und das war sie auch. Sie öffnete die Tür und lächelte, als sie Stefanie sah.

„Hi Stefanie, komm doch rein.", sagte Elke freudig. „Andreas kommt auch voraussichtlich erst heute Abend nach Hause. Wir haben also etwas Zeit zum Reden. Wie geht es Tobias?"

„Er liegt immer noch im Koma und keiner kann mir sagen, wie lange…", antwortete Stefanie gefasst. Sie holte den Zettel aus ihrer Tasche. „Ich muss dir etwas zeigen…" sagte sie und hielt ihr den Zettel hin. Elke las den Zettel und schaute Stefanie entsetzt an.

„Meinst du, der ist von Andreas?", fragte sie ungläubig.

„Ich gehe mal schwer davon aus. Woher soll denn ein Unbekannter wissen, welches Auto ich fahre? Elke, das ist der Beweis, dass es Andreas war! Und ich muss dir noch etwas anderes zeigen. Aber dafür solltest du dich setzen."

Elke schaute sie ängstlich an und setzte sich, während Stefanie ihr Handy aus der Tasche holte. Sie spielte ihr ein Video ab, das sie von Lady Morena kopiert und auf ihr Handy gespielt hatte. Elkes Gesicht wurde erst bleich und dann knallrot. Sie starrte fassungslos auf das Handy und hielt sich die Hand vor den Mund. Dann atmete sie tief ein und stand auf.

„Ich habe genug gesehen. Ich gehe jetzt nach oben und packe meine Sachen. Gilt dein Angebot noch?"

„Aber natürlich, du kannst direkt mit zu mir kommen, wenn du willst.", bot ihr Stefanie an. Elke tat ihr leid, aber sie musste die Wahrheit wissen. Das war sie ihr schuldig. Elke ging ein paar Treppenstufen nach oben, blieb dann nochmal stehen und drehte sich um.

„Woher hast du das Video eigentlich?"

„Das erzähle ich dir mal in einer ruhigen Minute", antwortete Stefanie geheimnisvoll und lächelte verschmitzt.

Elke packte ein paar Sachen von sich und Maximilian zusammen und kam mit einem Koffer ins Wohnzimmer zurück. Stefanie hatte damit gerechnet, dass Elke in Tränen ausbrechen würde, aber ihre Freundin wirkte sehr gefasst. Sie wollten schon gehen, da drehte Elke sich nochmal um, nahm sich einen Zettel und einen Stift und schrieb:

„Leb wohl du mieses Schwein" und legte ihn auf den Küchentisch.

„Jetzt lass uns gehen.", sagte Elke entschlossen und ging zu Stefanies Auto. Sie fuhren zu ihr nach Hause und Elke schrieb eine SMS an Maximilian, dass sie ihn von der Schule abholen würde.

„Ich möchte, dass alle wissen, was Andreas so treibt!", sagte Elke entschlossen. „Wo kann man so etwas online stellen?"

„Da muss ich mal Johanna fragen. Bist du dir denn sicher?", fragte Stefanie nachdenklich.

„Ja, Ich will ihn fertig machen!" entgegnete Elke entschlossen.

Am Abend bekam Elke viele Nachrichten von Andreas und er versuchte mehrmals sie anzurufen, aber Elke reagierte nicht. Sie hatte Maximilian von der Schule abgeholt und er schaute in Tobias Zimmer mit Johanna fern. Andreas versuchte stundenlang Elke zu erreichen und hörte erst gegen Mitternacht auf. Seine Nachrichten waren erst streng - er forderte sie auf sofort nach Hause zu kommen und wurden dann immer hasserfüllter. Er schrieb ihr, dass sie noch sehen würde, was sie davon hätte und dass sie keinen Cent von ihm bekommen würde. Elke fing währenddessen an zu weinen und sie fragte sich, wie sie es all die Jahre mit ihm ausgehalten hatte. Stefanie tröstete sie und machte ihnen eine Flasche Rotwein auf.

„Der hat mir auch geholfen", sagte sie mitfühlend und goss ihnen beiden die Gläser randvoll. Sie leerten die Gläser und danach noch ein paar und nach zwei Flaschen fielen die Beiden müde ins Bett.

Elke schlief bei Stefanie im Bett, da sie immer noch das Ehebett besaß und Maximilian schlief auf der Couch in Tobias Zimmer. In der Nacht hörte sie Elke mehrmals schluchzen und es tat ihr in der Seele weh, dass ihre Freundin so leiden musste. Sie dachte an die Zeit, als Matthias sie verlassen hatte und konnte den Schmerz fühlen, den Elke jetzt spürte. Irgendwann tut es nicht mehr so weh, dachte sie sich und versuchte weiter zu schlafen.

18

Stefanie fuhr erst zu Tobias ins Krankenhaus und
dann nochmal bei der Polizei vorbei. Dort hatte
man aber noch keine weiteren Beweise sammeln
können und man bat sie um Geduld. Ein Gutachter
werde sich den BMW ansehen und dann würde man
weiter sehen. Sie gab dem Polizisten noch den Zettel, der an ihrem Scheibenwischer gesteckt hatte und
jetzt blieb Stefanie nichts anderes übrig, als zu warten und zu hoffen, dass man Andreas überführen
würde. Sie fuhr nach Hause und freute sich, als sie
sah, dass Elke schon gekocht und den Tisch gedeckt
hatte. Elke war eine gute Köchin und sie hatte für
alle köstliche Rouladen, mit Rotkohl und Klößen
gemacht. Es schmeckte allen sehr gut und während
sie aßen, herrschte eine lockere Stimmung am Tisch.
Stefanie schaute sich in der Runde um. Wie eine
große Familie, dachte sie sich und lächelte. Es fehlte
nur Tobias…

Der Gutachter stellte ein paar Tage später fest, dass
die Kratzer an der Stoßstange des BMWs eindeutig
von Tobias Fahrrad stammen mussten und Andreas
bekam eine Anzeige wegen schwerer Körperverlet-

zung und Fahrerflucht. Außerdem hatte Elke mit Johanna gesprochen und sie hatte ihr zwar davon abgeraten, das Video online zu stellen, weil das ziemlich großen Ärger geben würde, aber ihr empfohlen ihm damit zu drohen. Andreas war technisch nicht so bewandert und würde wahrscheinlich gar nicht wissen, dass es nachvollziehbar wäre, wer so ein Video online stellt. Diese Idee fand Elke hervorragend und schrieb Andreas noch am selben Abend:

Elke: Nur damit du es weißt – Ich weiß ALLES!!! Wohin du samstags immer gefahren bist und wen du dann besucht hast!!! Deine Domina kenne ich auch!!! Und wenn du nicht willst, dass andere sie auch kennenlernen, dann wirst du mir und Maximilian jeden Monat 2000 Euro auf mein neues Konto überweisen!!

Nach einer Stunde kam eine Antwort...

Andreas: Was für eine Domina, Hase? Wovon redest du?

Elke: Du brauchst dich gar nicht dumm stellen. Ich weiß alles!!! Ich habe ein Video von deinen Machenschaften...

Nach einer weiteren halben Stunde kam die Antwort...

Andreas: Was für ein Video?????

Elke: Wusstest du etwa nicht, dass man bei einer Domina gefilmt wird? Tja, Pech für dich. Da hättest du wohl mal das Kleingedruckte lesen sollen. So wie du es immer deinen Kunden sagt, wenn du sie übers Ohr gehauen hast...

Andreas: Das glaube ich nicht!

Elke: Möchtest du einen Beweis haben? Ich kann dir gerne einen Ausschnitt vom Video schicken. Vielleicht die Stelle, wo du ihr die Stiefel leckst oder doch lieber die Stelle, wo du im Käfig sitzt und aus dem Hundenapf isst? Oder etwa die Stelle, wo sie dich bepinkelt?????

Wieder vergeht eine Stunde bis er antwortet.

Andreas: Können wir uns treffen, Liebling?

Elke: Warum???

Andreas: Weil ich dieses Schreiben satt habe. Ich möchte ganz in Ruhe mit dir reden. Lass uns wie

Erwachsene miteinander umgehen. Ich liebe dich!!!
Bitte...

Elke las die Nachricht und ihr Magen verkrampfte
sich. Wie lange hatte sie sich gewünscht, dass er ihr
sagte „Ich liebe dich". Das hatte er ihr schon eine
Ewigkeit nicht mehr gesagt. Am Anfang schon und
bevor sie verheiratet waren, war er auch sehr lieb zu
ihr gewesen. Aber dann hatte er sich verändert und
nach und nach wurde er immer dominanter. Und
jetzt schrieb er ihr „Ich liebe dich". Obwohl sie
wusste, dass er es nicht ehrlich meinte, war da doch
ein Funken Hoffnung, dass er es doch so meinte.
Vielleicht liebte er sie ja wirklich und konnte es einfach nicht mehr zeigen? Auf einmal konnte sie ihn
nicht mehr zurückstoßen und ein schlechtes Gewissen machte sich in ihr breit. Ein offenes Gespräch
war sie ihm schuldig, nach all den Jahren. Deshalb
antwortet sie ihm…

Elke: Wo sollen wir uns denn treffen?

Andreas: Lass uns an dem See treffen, an dem wir
uns zum ersten Mal geküsst haben. Weißt du noch
Schatz?

Elke: Natürlich weiß ich das noch :)

Andreas: Schön. Wann kannst du kommen?

Elke: Morgen Mittag? In deiner Mittagspause?

Andreas: Prima. Ich bin um 13 Uhr da. Ich freue mich auf dich Schatz.<3

Es war fast wie früher, wenn sie sich liebe Nachrichten geschickt hatten und sie freute sich plötzlich auf ihn. Liebling und Schatz hatte er schon ewig nicht mehr zu ihr gesagt. Es fühlte sich so gut an und sie war sich plötzlich sicher, dass alles wieder gut werden würde. Sie hatte ein schlechtes Gewissen wegen Stefanie und beschloss ihr nichts von dem Treffen zu sagen. Stefanie würde es nicht gutheißen, dass sie sich mit Andreas traf und würde versuchen es ihr auszureden. Deshalb behielt sie es lieber für sich. Als sie ins Bett schlich, schlief Stefanie schon und am nächsten Morgen, als sie für alle Frühstück machte, sah sie Stefanie nur kurz, weil diese nach einer Ewigkeit endlich ins Bad konnte um sich für die Arbeit fertig zu machen. Johanna und Maximilian verließen zuerst das Haus und fuhren mit dem Bus zur Schule. Danach ging Stefanie zur Arbeit.

19

Stefanie fuhr jeden Tag nach der Arbeit ins Krankhaus, um nach Tobias zu sehen. Sein Zustand hatte sich seit dem Unfall nicht geändert und Stefanie hatte große Angst, dass er eventuell nie mehr aufwachen würde. Aber dann klingelte Stefanies Handy, als sie gerade zehn Minuten im Büro war. Es war das Krankenhaus...

„Frau Reimann? Hier spricht Krankenschwester Sabine aus dem Kreiskrankenhaus Mechernich. Ich wollte Ihnen mitteilen, dass Tobias gerade aufgewacht ist."

„Wirklich?" rief Stefanie überglücklich. „Ich komme sofort!", sagte Stefanie und schnappte sich ihre Jacke. Sie lief zu Thorsten und erzählte es ihm und er freute sich mit ihr. Sie versprach, dass sie die Stunden nacharbeiten würde und er winkte nur ab.

„Fahr vorsichtig und rase nicht!", rief er ihr noch nach.

Stefanies Fiat 500 stand in der Einfahrt und sie hatte den Wagenschlüssel in der Handtasche, deshalb setzte sie sich sofort in ihr Auto und fuhr zum Krankenhaus. Sie würde Elke später Bescheid geben.

Als sie im Krankhaus ankam, erfuhr sie, dass Tobias jetzt auf der Station lag und fand mit Hilfe einer Krankenschwester sein Zimmer. Es war ein 2-Bettzimmer, aber er lag alleine dort. Als Stefanie zu seinem Bett ging, öffnete Tobias seine Augen und schaute sie an. Stefanie fing vor Freude an zu weinen und lächelte ihren Sohn überglücklich an.

„Da bist du ja wieder, mein Schatz. Du hast mir so eine Angst eingejagt. Mach so etwas nie wieder, hörst du?", sagte Stefanie unter Tränen und küsste Tobias auf seine Stirn.

„Hallo Mama. Ich weiß überhaupt nicht mehr was passiert ist. Ich kann mich nur daran erinnern, dass ich mit Jo in die Schule fahren wollte.", antwortete Tobias noch etwas benommen.

„Das ist völlig normal, dass du Gedächtnislücken hast, hat mir die Schwester gesagt. Das kann aber wiederkommen. Mache dir keine Sorgen. Jetzt bin ich erst einmal froh, dass du wieder bei uns bist:", sagte Stefanie und drückte seine Hand. „Du hattest einen Unfall mit dem Fahrrad und lagst vier Wochen im Koma."

„Vier Wochen?", fragte Tobias entsetzt.

„Ja mein Schatz. Aber Hauptsache, du bist jetzt wach. Oh ich freue mich so.", Stefanie wollte ihn am liebsten drücken und knutschen, aber sie wollte ihn nicht überfordern. Er mochte so etwas ja nicht.

„Wann darf ich denn wieder nach Hause?", wollte Tobias wissen.

„Das weiß ich noch nicht. Aber ich werde gleich mal mit der Schwester sprechen. Ich denke aber, dass du noch ein paar Tage bleiben musst.", antwortete ihm Stefanie und lächelte ihn an. Sie spürte das erste Mal seit langer Zeit ein großes Glücksgefühl und das ließ alles andere nebensächlich erscheinen. Tobias war der wichtigste Mensch in ihrem Leben und sie hätte keine Freude mehr empfunden, wenn er nicht aus dem Koma aufgewacht wäre. Sie betrachtete ihn liebevoll und atmete tief ein.

„Ich habe Hunger", sagte Tobias und Stefanie lachte auf. „Ein gutes Zeichen", antwortete sie. Sie hatte einen Müsliriegel in der Tasche, holte ihn raus und gab ihn Tobias.

„Hast du nichts Richtiges für mich?", fragte Tobias grinsend und Stefanie musste erneut lachen.

„Du bist wieder ganz der Alte!"

Gegen Mittag verließ Stefanie das Krankenhaus und da fiel ihr ein, dass sie Elke noch nicht Bescheid gegeben hatte. Sie nahm ihr Handy und wählte ihre Nummer, aber sie ging nicht dran.

Komisch, dachte sich Stefanie, aber da sie jetzt sowieso nach Hause fahren wollte, machte sie sich keine weiteren Gedanken darüber. Elke würde sich bestimmt auch riesig freuen, dass Tobias wieder wach war, dachte sich Stefanie glücklich. Sie war die ganze Zeit für Stefanie da gewesen und obwohl sie selber so einen Stress wegen Andreas hatte, hatte sie immer ein offenes Ohr für sie und ihre Sorgen gehabt. Alles wird gut, sagte Stefanie zu sich selbst, als sie auf dem Weg nach Hause war.

Elke war schon sehr nervös, wegen des Treffens mit Andreas und versuchte sich mit Haushaltstätigkeiten abzulenken. Sie putzte die Böden, wischte Staub und brachte die Küche in Ordnung. Zwischendurch schaute sie immer auf die Uhr und ihr Magen rebellierte, je näher der Termin rückte. Gegen zwölf Uhr ging sie nochmal ins Bad, um sich hübsch zu machen und schminkte sich mit Stefanies Utensilien. Sie selber hatte sich nur geschminkt, wenn sie mal weg ging, aber das kam selten vor. Doch heute wollte sie schön aussehen.

Ihr Handy klingelte, es war Stefanie. Elke überlegte, ob sie dran gehen sollte, aber da sie ihr nichts von dem Treffen erzählt hatte und sie ihre Freundin nicht anlügen wollte, ließ sie es klingeln.

Es war kurz vor Weihnachten und es war sehr kalt draußen, deshalb zog Elke einen karierten Rock, eine dunkle Wollstrumpfhose und einen Pullover an. Dazu hohe Stiefel und ihre Steppjacke. Sie betrachte sich im Spiegel und fand sich sehr hübsch. Andreas hatte sie immer gerne im Rock gesehen...

Sie ging die Treppe herunter und lief Johanna über den Weg, die schon aus der Schule zurück war.

„Warum hast du dich so chic gemacht?", fragte sie überrascht.

„Oh...ähm...ich fahre zum Rursee spazieren. Ich bin spätestens in zwei Stunden wieder zurück.", log Elke und verließ das Haus. Johanna schaute ihr hinterher. Als Stefanie kurz darauf nach Hause kam, wunderte sie sich, dass Elke nicht zu Hause war.

„Johanna, weißt du wo Elke ist?"

„Sie ist zum Rursee gefahren. Hat sich aber zum Spazierengehen ganz schön aufgedonnert", sagte Johanna skeptisch.

„Aufgedonnert?", fragte Stefanie irritiert. Elke donnerte sich nie auf. Sie hatte immer, so lange sie sich kannten, Jeans an. Plötzlich wurde sie nervös und hatte ein ganz ungutes Gefühl. Zum Rursee spazieren? In der Mittagszeit, in der Elke eigentlich immer das Essen kochte? Das passte so gar nicht zu ihr. Ihr Bauchgefühl sagte ihr, dass da etwas nicht stimmte und so schnappte sie sich erneut den Autoschlüssel und setzte sich ins Auto. Sie fuhr schneller als es erlaubt war, aber aus irgendeinem Grund wusste sie, dass sie sich beeilen musste. Der Rursee war groß und sie wusste nicht wo sie dort spazieren gehen würde. Oder doch? Elke hatte ihr mal erzählt, dass sie Andreas am Rursee das erste Mal geküsst hatte. Wo war das gewesen? Sie hatte erzählt, dass sie spazieren gegangen waren und an einer Stelle, wo sie niemand sehen konnte, am Ende der Staumauer...Staumauer! Die würde sie finden. Das Navi brachte sie auch bis an die Staumauer. Sie fuhr auf der Straße, die über die Staumauer führte und hielt Ausschau nach Elkes Wagen. Am Ende befanden sich ein kleines Lokal und ein großer Parkplatz und dort stand Elkes Mercedes. Gott sei Dank hatte sie den schon mal gefunden. Jetzt musste sie nur noch Elke finden. Sie parkte und stieg aus. Von hier aus konnte man in verschiedene Richtungen gehen. Die Staumauer schied schon mal aus, sonst hätte sie sie schon entdeckt, also musste sie in eine andere Richtung gegangen sein. Da sah sie, dass man auch einen schmalen Pfad in den Wald gehen konnte, der um den See herum führte. Sie musste es versuchen. Der Pfad war am Anfang noch sehr breit und einsichtig, mit nur flachem Bewuchs links und rechts. Dann kamen die ersten Bäume und der Weg wurde jetzt auch schmaler. Sie ging schnell voran und lauschte, ob sie etwas hören konnte. Sie sah am Anfang nur Bäume und durch die Bäume konnte sie links den See sehen, der jetzt etwas weiter unten lag. Es war kein Mensch weit und breit, nur der Wind rauschte in den Bäumen. Plötzlich hörte sie von weiter weg

Stimmen und dann sah sie zwei Gestalten, die an einer Lichtung standen und sich etwas lauter unterhielten. Sie ging vorsichtig näher und versuchte keine Geräusche zu machen, was aber schwer war, da der Boden voller Laub lag, das unter den Schuhen raschelte. Sie verbarg sich, so gut es ging, hinter den Bäumen, um nicht gesehen zu werden. Jetzt war sie nur noch ein paar Meter entfernt und konnte gut hören, was die Beiden sagten.

„Du verstehst das nicht, Elke! Ich brauche das! Sie nimmt dir doch nichts weg. Im Gegenteil, so brauche ich dich nicht zu bitten, mir diese Bedürfnisse zu erfüllen.", redete Andreas auf Elke ein.

„Ach so. Sonst würdest du das von mir verlangen?", fragte Elke entsetzt.

„Ja und? Du bist doch schließlich meine Frau. Ich weiß sowieso nicht, warum ich mich hier überhaupt rechtfertigen muss. Das ist ganz alleine meine Sache, was ich tue. Das geht niemanden etwas an.", entgegnete Andreas schroff. Seine Tonart hatte sich geändert und er war jetzt wieder ganz der Alte.

„So sehe ich das nicht!", erwiderte Elke selbstbewusst. „Immerhin hast du absichtlich einen Jungen

angefahren, um deine Machenschaften zu vertu-
schen. Er hätte tot sein können!"

„Ach Quatsch, der Bursche hat sich nur ein paar
Schrammen eingefangen. Das war doch völlig harm-
los. Als er so vor mir fuhr, da witterte ich plötzlich
meine Chance, es der Schlampe heimzuzahlen.",
sagte Andreas verächtlich.

„Stefanie ist keine Schlampe!", fuhr Elke ihn an.
„Sie ist meine Freundin und ich werde bei ihr bleiben! Das hat ja alles keinen Sinn, ich hätte wissen
müssen, dass du dich nicht änderst." Elke drehte
sich um und ging ein paar Schritte Richtung Parkplatz. Andreas folgte ihr.

„Du kommst zu mir zurück und damit basta!",
schrie Andreas und packte sie am Arm. Elke schrie
vor Schmerz auf und versuchte sich zu befreien.

„Ich werde nie mehr zu dir zurück kommen!",
schrie Elke und zerrte an ihrem Arm um von ihm
loszukommen. Andreas aber packte sie und um-
schlang sie von hinten mit seinen Armen. Seine
rechte Hand griff an ihren Hals und drückte ihr die
Kehle zu.

„Ich bin nicht dein Hanswurst. Ich bekomme was ich will. Mich verlässt man nicht, hörst du? Das wirst du mir büßen, du Miststück..."

Elke röchelte und versuchte verzweifelt seine Hand zu lockern, die unerbittlich immer fester zudrückte.

Stefanie hatte genug gehört. Sie überlegte nicht lange, nahm sich einen dicken Ast, der auf dem Boden lag und eilte ihrer Freundin zu Hilfe. Sie schlug, so fest sie konnte, mit dem Ast auf seinen Kopf. Er ließ Elke los, taumelte, drehte sich um und schaute Stefanie entsetzt in ihre Augen. Da schlug sie erneut zu. Andreas fiel hin, mit dem Kopf auf einen Stein und blieb regungslos liegen. Blut rann aus seinem Kopf und lief den Stein herab. Elke und Stefanie standen versteinert da und schauten zu, wie sich der Stein rot verfärbte. Nach ein paar Minuten gewann Stefanie ihre Fassung wieder und nahm Elkes Hand.

„Wir müssen hier weg!", rief sie aus und zog an Elkes Arm.

„Nein, ich will keine Angst mehr haben. Ich rufe jetzt die Polizei.", sagte Elke in einem ruhigen Ton und holte ihr Handy raus.

Die Polizei kam innerhalb weniger Minuten und ebenso der Notarzt und ein Rettungswagen. Der Notarzt konnte nur noch den Tod von Andreas feststellen und der Leichnam wurde abtransportiert. Stefanie und Johanna wurden von zwei Polizisten zum Hergang befragt und Beide erzählten, wie Andreas auf Elke losgegangen war und sie erdrosseln wollte. Die Polizisten notierten sich alles und baten Beide, am nächsten Tag auf die Polizeiwache zu kommen.

Als alle wieder weg waren, standen Stefanie und Elke noch geschockt da und starrten auf den See.

„Ich kann immer noch nicht glauben, dass Andreas so etwas tun wollte…", brach Elke schließlich das Schweigen.

„Ich glaube, du kanntest Andreas nicht wirklich.", antwortete Stefanie mitfühlend. „Er hatte eine sehr dunkle Seite und die wolltest du nicht sehen. Er war skrupellos und berechnend."

„Da wirst du recht haben.", sagte Elke leise. „Ich wollte doch nur eine glückliche Familie."

„Ich möchte deine Familie sein…", antwortete ihr Stefanie und nahm ihre Hand. Sie lächelte Elke an und Elke lächelte zurück.

„Weißt du eigentlich von dem Konto in der Schweiz?"

„Schweiz?", Elke starrte Stefanie ungläubig an. „Nein!"

„Nun, dann bin ich mal gespannt, was Andreas alles beiseite geschafft hat.", sagte Stefanie und atmete tief durch.

„Ich will das Geld nicht haben.", sagte Elke ernst. „Es ist dreckiges Geld. Ich will wieder gutmachen, was Andreas und sein Bruder angerichtet haben. Ich will helfen."

„Du könntest Heike helfen.", erwiderte Stefanie und schaute ihre Freundin erfreut an.

„Das werde ich tun!", antwortete Elke entschlossen und nickte.

20

Es regnete in Strömen. Stefanies schwarzes, kurzes
Kleid war am Saum, trotz Regenschirm, schon
pitschnass und in ihren High Heels sammelte sich
das Wasser. Sie stand auf dem kleinen Friedhof
von Engelau vor einem frisch ausgehobenen Grab
und schaute zu, wie der Sarg langsam hinabgelassen wurde. Um das Grab herum stand fast die halbe Dorfgemeinschaft, von denen man allerdings
nicht viel erkennen konnte, da sich alle unter ihren
Schirmen vor dem Dauerregen versteckten. Der
Pfarrer begann, an diesem nasskalten Tag, mit seiner Rede und bei seinen Worten über den Verstorbenen verdrehte Stefanie die Augen. Es konnte
unter ihrem Schirm ja Keiner sehen.

Von wegen guter Mensch. Er war ein gewissenloses Schwein gewesen. Er hatte seine Frau und seinen Sohn tyrannisiert und seine Kunden abgezockt, viele in den finanziellen Ruin und einen
Mann in den Tod getrieben. Um ihn war es nicht
schade, dachte sich Stefanie.

Die Trauergäste gingen nun nacheinander zum
Grab und warfen mit der kleinen Schaufel etwas
Erde hinein. Als Stefanie davor stand und die

Schaufel in die Hand nahm, musste sie an seine letzten Worte denken, bevor sie das Entsetzen in seinen Augen sah......

„Das wirst du mir büßen, du Miststück...."

Du tust niemandem mehr etwas an, dachte sich Stefanie und warf die Erde verächtlich auf sein Grab.

Während sie selbstbewusst und hocherhobenen Hauptes über den Kiesweg Richtung Ausgang schritt, konnte sie die abschätzigen Blicke der Dorfbewohnerinnen in ihrem Rücken spüren und ein Lächeln breitete sich auf ihrem Gesicht aus.

„Nehmt euch in Acht..."

Die Autorin

Die Autorin ist in einer kleinen Gemeinde in der Nähe von Köln aufgewachsen und zur Schule gegangen. Sie machte Abitur und danach eine Ausbildung in einer Bank.

Sie wohnt dort immer noch mit ihrem Ehemann und ihrem Sohn, der schon in den ersten Jahren Probleme mit anderen Kindern hatte. Im Alter von 11 Jahren wurde bei ihm Autismus diagnostiziert.

Das Schreiben lag ihr schon als Kind im Blut. Sie schrieb kleine Geschichten über ihre Katze und bastelte ihr erstes Buch.